掟上今日子的婚姻屆

西尾維新

NISIOISIN

◆婚姻屆◆

結婚登記申請書

目次

序章

掟上今日子的演講

「初次見面，我是偵探——掟上今日子。」

滿頭白髮的女性站在講台上如此說道，接著是深深一鞠躬。那頭白髮不惹一絲塵埃，白得令人嘆為觀止。

「二十五歲，是置手紙偵探事務所的所長。」

今日子小姐抬起頭來，繼續介紹自己。

聚集在會場的聽眾，當然都是為了聽她演講才齊聚一堂的，所以包括我在內，大家都知道她的來歷，但程序上還是要自我介紹一下。

與其說是為了將自己介紹給我們這些聽眾，或許她更是為了自己，才會這樣刻意朗誦自己的「設定」。

因為——

「我是忘卻偵探，一旦睡著，記憶就會重置。」

沒錯。

今日子小姐只有今天。

夜裡躺在床上，閉上眼睛，一早冉度醒來之時，就會把昨天發生過的一切通通都忘記——無論承接下什麼樣的委託、調查過什麼樣的案子、進行了什麼樣的推理、最後以什麼樣的方式解決，全都會忘得一乾二淨。

不惹一絲塵埃——忘得一乾二淨。

所有記錄都不留。

也就是說——

「也就是說，我是一個能比任何人都恪遵『身為偵探應該遵守之保密義務』的偵探——由於這點特性，我似乎受到很多顧客關照。」

雖然我都不記得了。

今日子小姐半開玩笑地補上了這麼一句，但這句話卻也是如假包換的真實。過去我也曾經多次——恐怕比在座的所有聽眾都更為頻繁地——受到置手紙偵探事務所的照顧，只不過，過去的案子自不待言，就連三天兩頭委託她的我，也完全不在她的記憶裡。

見過再多次仍舊是「初次見面」。

要說對此不感到寂寞，當然是不可能的，但同時我卻又覺得，今日子小姐就該是如此——忘卻偵探的「忘卻」不能有任何例外——不管是對我，還是對其他人。

「今天聚集在這個會場的各位聽眾，或許會期待能從我口中聽到關於我本人在過去曾經參與，經手偵辦過的種種不可思議案件之進一步詳情，但由於我忘卻的特性，非常遺憾，可能要讓大家失望了。而且，想必各位可能比我還清楚吧。」

今日子小姐看似無奈地聳聳肩，然而對此場內的反應卻是歡聲雷動——想當然耳，原本就沒有人期待她講述案情，明知講者是「忘卻偵探」還特地前來聽講，表示早就知道她什麼都記不得——什麼都不會說。

就連對她而言，自己過去解決的種種案件是否能稱得上是不可思議，恐怕也很難說。

既然如此，那我們究竟是來聽些什麼的呢？

場內這些男男女女還有我，與其說是來聽，不如說是來看——來看這個與眾不同，名叫「掟上今日子」的偵探。

來看這個不可思議的偵探。

因此，說得極端些，不管她開口講什麼我們都不會介意、動手做什麼大家都樂見其成——演講嘛，說穿了大多就只是這麼一回事——對於這點，相信今日子小姐大概也心裡有數。

不僅如此，縱使今日子小姐的記憶並不連續，她也是個時尚達人，不曾有人見過她穿著重複的衣裳。今天的打扮也刻意強調自己的職業是偵探——雖然沒有真的戴上獵鹿帽，但她身上那件圓領短披風的外套，在在都讓人想起全世界最有名的那位偵探。

或許是把「滿足群眾好奇心」也當成工作的一環吧——從那可愛的外表可能很難想像，但今日子小姐的生意頭腦可不是蓋的。

由現正求職中的我來看，可謂是非常值得學習的生意頭腦。

我講真的，真的應該好好學習。

話雖如此，忘卻偵探這次的工作並不是站在講台上靜靜擺姿勢——這可不是攝影會，而是演講會。

今日子小姐接著這麼說。

「因此，我今天想來談談自己的事。當然，這些都會是在我記憶所及的範圍內的事。我問過主辦單位的工作人員，聽說今天是『掟上今日子』這個偵探第一次演講，所以我想應該不會發生『喂喂今日子小姐，拜託點呀，這件事你上次已經講過了！』之類的情況，敬請放心。」

喔。

我不禁繃緊神經。

身負偵探的保密義務，同時具備是為忘卻偵探的失憶體質，根本不記得任何案件的今日子小姐到底打算說什麼呢？這麼想來雖然總是焦心，但又感覺說不定可以趁此機會，聽到連我也不曾聽說的珍貴內幕。

像是自我介紹竟有令人意外的後續之類。

演講固然是她的首度嘗試，但就我所知，由今日子小姐自己來談今日子小姐的身邊事，這也是破天荒的頭一次。

究竟吹的是什麼風。

當然，我只是個常客，不可能掌握今日子小姐所有的偵探活動。

「讓我為各位釐清一下大前提。在各位之中，或許有人會心存『記憶只能維持一天的偵探，真的能夠確實破案嗎？』這種極為理所當然的疑問，所以我想先來消弭此般疑慮。畢竟因為這種誤解，可是會對於我將來的工作造成困擾的。我被稱為忘卻偵探的同時，也被謬讚為最快的偵探——各位在入口處拿到的名片，上頭應該也寫得很清楚吧——『一天內解決你的煩惱！』雖然老實說，我想這標語應該多少有些廣告不實，想必其中還是有許多無法解決的案子才是。」

不過嘛，就忘了那些不順利吧——今日子小姐臉上浮出就連從遠處望去也仍能看得一清二楚的調皮笑容——而會場甚至響起了掌聲。

聽眾完全成了她的後援鐵粉。

看這樣子，不管她說些什麼，大家都會聽得很開心。

真不愧是名偵探。即使不是解決篇，在眾人面前雄辯滔滔，對她而言也宛如探囊取物——神經大條到只能好意解釋成「穩健」的台風，實在很難想像是初次登台。

幾近厚臉皮的神經大條，也可說是忘卻偵探的招牌特質。

「身為最快偵探的忘卻偵探——當然，這兩者既是必要條件，也或說是缺一不可——若不是最快的偵探，就無法是為忘卻偵探，而正因為是最快的偵探，我才得以成為忘卻偵探。」

說到這裡，她環視會場。

能容納近千人的大型會議廳裡幾乎座無虛席——真是了不起的群眾號召力。能聚集這麼多聽眾，當然也是因為事前宣傳做得夠好，但歸根究柢，想一探內行人才得見的忘卻偵探真面目，想看她一眼的好事之徒，人數似乎比我想像的還要多得多。

雖然輪不到開場前三個小時便早早就定位的我說嘴就是了。

「無法維持以最快的速度破案之時，就是我卸下偵探這身分隱退之刻

——到時候我就每個禮拜演講個三次，靠此維生吧！」

今日子小姐說道。

接著，她將視線轉回正前方。

一時之間還以為今日子小姐是在看我——當然只是我想太多了。今天的我，只不過是眾多聽眾裡面的其中一個。

附帶一提，世界上的確有靠演講混飯吃的偵探，因此今日子小姐的隨口說說，也並非完全不切實際——何況光看她開講到現在的辯才無礙，相信在這方面的確是很有潛力。

「可是聽到這裡，各位心裡想必又會產生另一個疑問吧。『我已明白你的腦筋動得很快，但既然要以偵探為業，這也只是當然。問題是，要是你的記憶每天都會重置，不就表示永遠都跟不上這個瞬息萬變的時代嗎？這樣的偵探，要怎麼應付現代這些早已高度複雜化的犯罪呢？』——這的確可說是再自然不過的疑慮了。實際上，我每天早上醒來時也都會這麼想。現在的我，不正像是從過去穿越時空而來的浦島太郎一般嗎？」——

今日子小姐停下說話，聽眾也都靜靜地等待她再開金口。

其實我也不知道，台下究竟有多少聽眾會針對「忘卻偵探」的特性深入思考到這般地步。反過來，看在像我這種多次蒙受她關照的人眼裡，這種疑慮只是純粹搞錯重點的杞人憂天。可是，今日子小姐本身又是如何看待這問題呢——我倒是很感興趣。

今日子小姐是怎麼看待自己的呢？

我不禁豎起耳朵來傾聽。

今日子小姐又重新開始演說。

「只不過……」

運用停頓的方式極為巧妙。

「當我一邊刷牙洗臉，從書籍、電視以及網路上學習現代社會的種種之時，就會察覺自己並不會跟不上時代。而且，通常是立刻就會察覺。『嗯，感覺好像還可以跟得上』、『要配合好像也能夠配合』、『甚至該說，似乎存在著一些健忘如我反而能做到的事』、『似乎會有些除了我以外，沒人能做到的事』、『既然如此，那就試著做做看吧』——我很自然地會這麼想。沒有日積月累的記憶，也就意味著能把腦容量空出來做為思考之用，沒有回憶就等同於背負的重擔較少，沒有過去則代表我可以不受成見或經驗法則的束縛——一旦發現這點，反而還覺得自己有些偷吃步呢。」

說「偷吃步」多少是戲謔了些，但這的確是忘卻偵探不為人知的賣點。若真要說的話——若真要讓親眼見證過今日子小姐豐功偉業的我來說句什麼的話，真正厲害的其實是「她對這事實非常有自覺」這一點。

自覺而積極地——偷吃步。

當思緒在推理過程中產生糾結，或是不小心對涉案人員投入過多感情之時，只要睡個覺，就能夠讓一切歸零——這種宛如打電動時按重來的辦案手法，也可以是她的選項之一。

只是，來聽演講的人，不見得都能接受這個答案——就算認同她提出的優點，但是總的說來，仍會認為「失去記憶」是個莫大的缺點吧。

畢竟所謂記憶，說到底就是自己這一生。

最快的偵探，就像是用此生去換得真相似的。

就連我，也不能完全理解今日子小姐看重思考速度更甚於記憶的說詞。

今日子小姐似乎也敏感察覺到會場內的氣氛變化。

「對了，我的記憶每天早上都會回到十七歲的狀態——也就是說，我所有的知識與常識都停留在十七歲，大約八年前的那一刻。」

此話一出。

語畢頓時引起會場一陣騷然——連我也忍不住發出「咦？」的一聲，只差沒站起來。

這也難怪，因為我一直以為「今日子小姐的記憶到底停在何處」，乃是所謂的「商業機密」，也從沒聽說過這方面的傳聞。在場的所有人想必都是第一次聽到。而她居然毫不保留地輕輕交代這件事，現場當然會一片嘩然。

十七歲。

在那個年紀，她身上——或是她腦裡究竟發生了什麼事？

是極具印象的事——還是極為抽象的事。

……話雖如此，今日子小姐現在說的這些也不一定是實話。這麼說可能有點潑冷水，但她也不是在發誓「只說實話」之後才站上講台的——加上一路聽下來，今日子小姐似乎把服務觀眾當作是演講的一環，非但不吝惜講該講的場面話，似乎什麼花言巧語都不排斥說。

其實或許可以回溯到二十歲時，或許是二十三歲，也或許是十八歲——甚至根本是三歲也說不定。

話說回來，其實回溯到幾歲都差不多吧——因為。

「不過，雖說記憶回到十七歲，如果問我早上起床時，是不是以朝氣蓬勃、青春洋溢十七歲的感覺醒來，倒也並非如此——若能永保年輕心情當然是最完美，可是我卻能清楚地感受到自己在十八歲到二十五歲之間的，那八年份的空白。」

想必失憶也有各種各樣，而今日子小姐的「忘卻」似乎是「記不得新事物」的類型——不過，那也可能只是她隨口說說的。

「八年份的空白。如果是像浦島太郎那樣長達三百年的空白，我也怎樣都無法保持平靜吧，但如果只是八年，倒也不成什麼問題。從這個角度來看，其實也真的沒什麼意思。」

原來如此，被她這麼一說，確實會覺得並不是多麼嚴重的事——不過，也感覺這只是被今日子小姐巧妙的話術給蒙混過去了。

與浦島太郎的三百年比起來，八年的確不是多麼大段的空白，但其實也相當長了。更何況這段期間，從此以後還會一天又一天地愈來愈長。

當然隨著醫學的進步，或許總有一天能找到治療的方法。但是跟不上這樣的進步，卻也是忘卻偵探的宿命。

跟不上——被留下——也可以說是她的本質。

「並不會跟不上。」

今日子小姐複述。

以爽朗的笑容複述。

「當然，『八年』這個數字，是非常曖昧且纖細——太過於微妙，反而感覺無過之也無不及。就像大家在回想十七歲的時候，記憶往往模糊不清，或是回憶多少有所美化，我腦中『昨天』的記憶也有些不清不楚。處處多所缺漏，只能憑印象去想像。因為記憶的空白會造成距離，所以這也是當然。對於只有今天的我而言，名為『昨天』的日子卻會日漸離我遠去。」

由於記憶無法更新，和遙遠的「昨天」之間的確了無隔閡，但縱然能望見，『昨天』仍會一天天地漸行漸遠，卻也是事實——不管是真是假，我完全被第一次聽到的這些話給吸引住了。

是真是假，這時候根本不重要。

「應該是做為電話使用的智慧型手機，進化到令我大開眼界，汽車也似乎快要能用自動駕駛了，不使用樂器而電腦便能演奏音樂，連人的歌聲也能靠電腦演奏創造——我今天早上看的報紙上，還寫著就連重力波也能觀測到了。真令我目不暇給、眼花撩亂，嘖嘖稱奇。可是啊，倒也還不至於跟不上。因為這些『未來』——全都是在『過去』就已經能預測的東西。」

今日子小姐說道。

「如同愛因斯坦博士早在百年前就已經預言重力波的存在，行動電話的普及、自動駕駛的汽車、用機械演奏的音樂，全都不曾跳脫科幻小説裡描繪的世界觀。一路腳踏實地來到現代的各位，或許會覺得世界在這幾年大大地不一樣，但這一切畢竟都是連續的，繼承前因而產生的後果——世界依舊存在於來自過去的延長線上，所以完全在可以對應的範圍內。」

可能是認為光這樣説，身為「現代人」的我們可能還是難以接受，今日子小姐又舉了幾個淺顯易懂的例子——像是古代的洞窟上寫著「最近的年輕人真不像話」這種與今時今日幾乎無二致，抱怨年輕人的文字；還有集體智慧的概念，也早見於柏拉圖提倡的思想；另外在奴隸制度被視為理所當然的時代裡，也早就已經存在反對奴隸制度的人權派。

真是面面俱到。

聲稱不會跟不上時代的她，也不會把聽眾拋下。

「歷史是會重演的。不管是八年，還是三百年，若是用數萬年為單位來思考，人類所做的事其實都差不多——犯罪也是其中之一。也因此才有了跟不上時代的忘卻偵探大展身手的空間。誠如某位小説家所説的『人類想像得出來的東西，全都可能在現實的世界裡發生』——這句話被認為是闡述了世界所蘊藏的無限可能性與多樣性，但是也可以壞心眼地將其反向解讀，也就是『人類的想像力頂多也只有這種程度而已』這般……」

今日子小姐輕顰淺笑地說，會場也因此滿溢著一陣和樂融融的氣氛，但仔細想想，這其實是忘卻偵探對「現代人」非常辛辣的批評，也是一針見血的諷刺。

拳拳到肉。

我的腦海中不禁浮現出她的模樣。

早上醒來，意識到記憶一片空白的今日子小姐，在接觸到「現代」——亦即「未來」的知識時，對周遭的一切「沒什麼改變」感到失望的模樣。

人類還處於這種階段啊。

世界還在想像力的範圍內運轉啊。

無奈伴隨著宛如上帝感受到的失望，忘卻偵探迎向「今天」這一天，想像她那模樣——不，會這麼想，正好坐實了我的想像力未免太貧乏。

也證明我這個人不適合當偵探。

實際上，我也曾眼見今日子小姐對於智慧型手機的卓越性能驚喜連連、對人權意識的提升感動不已——隨著她的狀況，每天反應可能都不甚相同。或許這只是為了演講，才故意講得那麼極端吧。

充滿娛樂效果的發言。

當然，認為人類沒什麼改變也應該是真心話，否則就不會每次醒來都選擇從事偵探這個行業了。

不管技術如何進步、時代如何變化，在確信人類還是人類的那一刻，她肯定也確信——自己今天也能以偵探的身分活下去。

確信掟上今日子是個偵探。

「犯罪動機和形態自古皆然，並沒有什麼太大的變化——一如古典名著絕對不會褪色，要探究「如何做（HOWDOUNIT）」或是「為何做（WHYDOUNIT）」，沿用過去以來的手法也同樣足夠。從很久很久以前，就一直有人說推理小說的詭計已經用盡，但我認為並非用盡，應該說是做為美麗的基石而類型化了，才是較為正確的形容

——因為無論是什麼樣的犯罪，終究都是人類的作為。」

舉凡人之所謂皆有前例，皆是類型。

既是類型，也是累積。

這種說法在重視「個性」這種幻想的社會裡，或許比較難以得到認同，但即便是這樣的社會，也只不過是某種一再重複的類型。

名為多元化的平庸。

人人都自問著「為什麼只有自己會遇到這種事」而成為犯罪的被害人，或是成為犯罪的加害人——但「這種事」其實僅僅是隨處可見、平凡無奇的常態——平凡無奇的案件。

事過境遷再回頭來看，只不過是可以用「常有的現象」一語帶過，是為統計學上的一例罷了——名為樣本的悲劇。

類似憑印象會感覺「少年犯罪逐年遞增」，實際卻是愈見減少那樣。

「或許有一天，各位也會成為像我這種喪失記憶的體質。既然眼下已經有我這個不算稀奇的範例，就不能說絕不會發生。大家或許會認為『才不會有這種事』，但『就是有這種事』。所以接下來，請容我苦口婆心地傳授大家如何面對未知科技或未知知識的心法——希望大家能記住我的建議，萬一哪天不幸遇到這種情況，可以做為參考……」

今日子小姐把這樣的話講在前面，接著說道。

「在面對未知、或未曾發現的事物時，人類或多或少都會陷入恐慌——因為人類很討厭超出常態的變化。恐懼及警戒會勝過好奇心，會把新奇或轉機當作破壞平穩及安定的危險訊號。『不曉得會發生什麼事』的狀況與其是讓人雀躍，更令人膽戰心驚——因此，請各位這麼想。不要把未知當成未來，而是要當成過去的事——今天早上的我就是這麼做的。」

縱使沒有失憶，也可做為參考的忠告。

不要把未知當成未來，而是當成過去。

原來如此，如果基於「人類或社會皆能夠類型化」的假設，理論上未來和過去都是一樣的——「明年的二月」和「今年的二月」與「去年的二月」一樣，全都是二月。

「若用『成為歷史學家』的心態面對未知，就不會再感到害怕了，應該也能重整心情——不是重置記憶，是重整心情哦。不要把智慧型手機當成來自未來的哆拉A夢道具，而是當成失落的科技或超古文明遺產來操作的話，老實說一點難度也沒有。實際上若以『今天』做為基準點，再優異的技術都是『過去』的東西，理當不會是天馬行空的幻想。」

我也認為陷入恐慌時，告訴自己「過去也發生過這種事」是最能夠冷靜下來的方法。

說得耍帥點，可能是「沒什麼，不就是常有的事嘛」之類的吧。藉此讓心情冷靜下來，縱使解決不了問題，但光是能夠鎮定以對，至少可以採取穩當得宜的行動。

把「未知與已知相去不遠」做為前提，恐懼自然會消失。

只不過，敬畏之情也會同時消失。

還會失去記憶以外的很多東西。

換個角度來說，這可說是一種扼殺好奇心的消極態度——亦即職業偵探特有的處世之道。或許這也可以做為佐證「今日子小姐並不是那種會被『想解開充滿魅力的謎團』的求知慾牽著走的名偵探」一事的證據——不，與其說是證據，更像是牢不可破的根據。

一醒來便立刻封印對於未知的好奇心——正因為今日子小姐每天早上都重複著這般儀式，她才能成為忘卻偵探。

今日子小姐每天早上都會進行調整——盤整記憶，核對時間。

一切歸零，整組重置。

這麼說來，今日子小姐在調查途中之類非正規的時間睡著（或是刻意睡著）再醒來時，其言行舉止確實有些危險傾向——也許就是因為沒有經過上述的初始化。

不過危險歸危險，當時的她仍發揮了令人瞠目結舌的推理能力，所以即使是未抑制好奇心的狀態——或者是說她在未曾抑制好奇心的狀態之下，可能還更適合從事偵探這份工作也說不定。

偵探果然是她的天職。

想到包括遵守保密義務的能耐，更覺如此。

初次見面時（不用說，這是指對我而言的「初次見面」）雖然我一點都不覺得她像個偵探，但是事到如今，我已經完全無法想像今日子小姐不是偵探的樣子。

「偵探是我的天職。」

今日子小姐說道。彷彿看穿我心中所想——當然，我想她只是配合聽眾的普遍感想，繼續把話說下去而已。

「話雖如此，但也不諱言，我並不認為這種成天撩虎鬚的生活能永遠持續下去——就算記憶可以重置，身體也會老去。雖然剛才我說自己是苦口婆心，遲早有一天，也會成為一個縱使頂著這滿頭白髮，看來也像只是為我量身訂做般合適的老婆婆吧。」

今日子小姐說著，撩起自己的白髮——要說合適，現在就很合適了。

「既然動腦也是一種勞動，我想也不可能永遠保持這樣的思考速度——但若非最快的偵探，忘卻偵探就不成立。如同再優秀的運動選手總有一天都得急流勇退。不僅如此，以我這種體質，最後勢必要接受社福機構的照顧。正因為如此，我才想趁著還能全力發揮能力的今天，盡可能為社會做出一點貢獻。為了讓世界變得更美好，雖然力量微薄，還是希望能以『偵探』這樣的角色，幫上大家一點忙。」

說得似乎真有些道理。

不曉得聚集在這個會場的外行人之中，有幾成知道眼前看來十分穩重、十分文靜的今日子小姐對金錢的偏執……喔不，是錙銖必較的性格（這也是很有名的事），那樣的她會有這般可敬可佩之志嗎。

執著於工作的背後，有著回饋社會的意圖。

我還以為是因為主辦單位支付了天價的酬勞，她才會接下這場臨時演講的，但想到可能存在這種道德上的動機，對她的印象便產生了一百八十度的改觀。

的確，考慮到偵探這種職業的性質，太出鋒頭絕不是一件好事——偵探是需要潛藏於檯面之下活動的人，出現在如此引人注目的場合，基本上只有百害而無一利。

然而，就算沒有一利，也算是有一理。每天的記憶都會重置，斷絕與社會所有聯繫的今日子小姐，像這樣站在講台上分享經驗，或許就是她所能回饋社會的貢獻。

「對於沒有明天的我而言，這可以說是對未來的小小投資吧——當然，偵探活動並非慈善事業，也不是純粹的助人行為。如果有人把我當成英雄，以為我是那種出現在推理小說裡的名偵探，我也想趁今天這個機會澄清這個誤會。我是在計算與打算之下展開行動的推理機械——而且還欠缺儲存的功能。身為僅此一次、只限當場的名偵探，也想對來聽我這種舊型計算機說話的各位，表達打從心底的感謝。謝謝你們。」

今日子小姐再次低下滿頭白髮的腦袋深深一鞠躬。

會場響起如雷的掌聲，此起彼落。

把自己比喻成「舊型計算機」真是太妙了，我也從善如流地大聲拍手。說是「舊型」形容得謙虛，卻也絕對不卑不亢。更重要的是，「計算機」

與生活息息相關，而且基本功能「算錢」更是充分表現出今日子小姐的特性——不曉得今日子小姐是不是意識到這一點，才故意這麼說的。

無論如何，「掟上今日子的演講」到這裡算是圓滿結束了上半場，接下來即將進入下半場的問答時間——除非被捲入案子，否則可沒有這麼珍貴的機會能向大名鼎鼎的名偵探「一問一答」，但或許太難得了，大家好像都有點情怯，面面相覷，遲遲沒有人舉手發問。

同為聽眾卻互相牽制是怎樣。

好不容易炒熱起來的場子，眼看著就要這樣冷掉了——於是我不顧一切地舉起手。因為我的個子夠高（老實說是「無謂地高大」），手一舉，馬上就被注意到。

「好，那麼，就請那邊那位髮型帥氣的先生。」

這還是今日子小姐第一次稱讚我的髮型——不過，和她見面時的我總是身陷縲絏，也沒有機會被稱讚——光是這樣，今天來聽演講就值回票價了。

然而，我只是不管三七二十一地舉手，不知道該問什麼。

畢竟這種方式的「初次見面」也是前所未有，能夠的話，我想請教只有今天才能問的事。

「呃……請問今日子小姐是怎麼搭配每天的服裝呢？」

明知是客套，但還是被她稱讚我髮型的事影響，提出內容這麼膚淺的問題——就算被當成是追星族也不奇怪。

然而，記憶會重置的她，為何對於流行的敏銳度卻完全不見落伍——這其實也是個絕對不能忽視的重大謎團。

即使「同一套衣服絕不會穿第二次」是過於誇張的謠傳——至少她今天的穿著打扮都不像八年前的產物，甚至說是走在流行最前端也不為過。

幸好，我這個沒營養的問題，似乎與場內和樂融融的氛圍不謀而合，一度冷下來的會場氣氛再次熱烈起來——明明這個問題實在很沒水準。

「真是個好問題呢。」

今日子小姐點點頭，脫下圓領短披風的外套，就在原地轉了一圈。

接著她就像是走伸展台一般，在講台上由右走到左，再由左走到右——

雖然覺得也不用服務大家到這樣，但是就像我因髮型受到稱讚而喜不自勝，被問到關於打扮的問題，說不定她其實也很高興。

只要她高興，我就高興了。

「我很想告訴你，我的流行品味是天生的。」

今日子小姐回到麥克風前面，娓娓道來。

「但是說穿了，答案其實非常單純。因為我的記憶固然會重置，但衣櫃裡的衣服不可能跟著重置。只要每天都至少買一套新衣服，每日不間斷地更新衣櫃裡的內容，品味就不會退流行。還有就是上網搜尋『流行服飾　最新　模特兒』也挺重要的。」

先以這樣的回答引起一陣哄堂大笑。

「這麼做會找到一大堆我自己的照片，只要避開那些打扮，就能完成今天獨一無二的穿搭。」

接著今日子小姐裝傻充愣地製造第二個笑點，還對我拋了個媚眼。

雖說以一介聽眾的身分與其對峙，會比站在委託人的立場面對她時更有距離，但又能像這樣和她親切互動，讓我內心感覺複雜。無論如何，拋磚引玉的任務算是圓滿成功了，我說聲「謝謝」，再度落座。

該說是無懈可擊嗎？總之是很容易讓人接受的答案，但光是這樣，還有很多無法說明的地方，所以關於忘卻偵探穿搭品味之謎的真相，依舊籠罩在一層又一層的迷霧裡……

不管怎樣，我的舉手發問成為一個契機，使得零零星星有人舉起手來。

「好，那麼，就請那邊那位髮型帥氣的先生。」

看樣子，這是她的搞笑段子，今日子小姐用方才稱呼我時同樣的台詞，點了下一位發問的人——我只是個暖場的。

正當我為自己的得意忘形感到羞恥之時，下一位髮型帥氣的先生並未重蹈我的覆轍，精準地問道。

「能夠完全忘記解決過的案件，以身為必須遵守保密義務的偵探而言，的確是非常理想的典型，但是這樣，難道不會遭到罪行被公諸於世、被揭發為兇手的人怨恨嗎？」

和我問的完全不同，是個正經八百的問題——同為髮型帥氣的先生，實在有夠難為情。

看來這句話也會每次都附上。

「真是個好問題呢。」

或許她的原則是公平地對待每一個粉絲。

「當然，這也是意料之中的風險。由於我的記憶每次睡著就會重置，因此無法預測會被誰怎麼怨恨——不過，無論任何人都是這樣吧！如果有人能完全掌握自己會被誰怎麼怨恨、憎惡、嫌棄、討厭的，還請舉個手。」

想當然耳，沒有人舉手。

這也難怪。

要是能掌握的話，這個社會就不會發生犯罪事件了。

「明明不屬於任何執法機關，卻插手管犯罪事件。從那一刻起，我就已經有會遭人怨恨的覺悟了——而且，或許那也不全然是對方有問題。只不過，我也沒有看開到不做任何防衛，就只是放手等著別人來報復，還是會採取最基本的自衛手段。我想知道的人應該都知道，我的置手紙偵探事務所的會客室可是設置在與要塞無異的大樓裡，也僱用了可靠的警衛。」

我知道掟上公館固若金湯，但不知道她還僱了警衛。

類似貼身保鑣那樣嗎。

既然如此，那個保鑣可能正不動聲色地潛伏在會場裡，也可能早就鎖定了形跡可疑的我——這麼一想不禁坐立難安，舉動想必看來又更加可疑。

「不過，遭人怨恨這種事，怎麼想都不會是件太愉快的事。也因此我才會將能夠忘記這種威脅的記性，視為一種優點。」

宛如說笑般的輕描淡寫，固然可以將此做為忘卻偵探之所以能不怕被嫌棄、被討厭，毫無壓力地向相關人員打聽消息，並因此迅速地破案的解釋，在正負相抵之後，「失憶帶來的結果依舊是加分」的認識或許真的沒錯——雖是有點只看當下的想法，倒也是真理。

不確定是否真的能接受這套說法，但發問者還是說了聲「謝謝」坐下。

這時，或許是場子暖到夠熱，這次有許多人一起舉手。其中也有高舉雙手、得意忘形的人——大概是不曉得這種人會問什麼，今日子小姐挑了一個比較感覺低調，舉手動作也小小的，帶著小孩的婦人。

「好的，那麼就請那邊那位髮型帥氣的女士。」

已成慣例的台詞引起哄堂大笑，儼然是大受歡迎的招牌段子——也許就是想製造笑果，才刻意點了髮型與其說是帥氣，不如說是可愛的女性。

「您說自己從十七歲開就無法累積記憶，難道從來沒有想去問問以前認識的人，這八年的空白期間裡發生了什麼事嗎？」

「真是個好問題呢。」

今日子小姐回答——明明是很私人的問題，應答卻毫無遲疑。

或許是不想讓發問者感到緊張。

「在回答這個問題以前……可能因為我的說法不夠明確，好像有人誤會了，所以請先讓我訂正一下。我的記憶確實是從八年前，也就是十七歲起全是一片空白，但我的記憶開始無法累積，並不是那麼久之前的事——嚴格說來，我是循序漸進地失去了記憶。多年前，不記得是遭逢意外，抑或被捲入案件，還是生了什麼樣的病，總之我的記憶逐漸倒回至十七歲——於是乎，記憶就從此發生重置現象。」

有點複雜。

說不定她是故意講得這麼複雜——雖然今日子小姐用「多年前」來含糊帶過，但與其說這是不便透露的個人隱私，看來或許才是切進「商業機密」領域的機密。

絕不能對外公開的謎之領域。

並非不明，而是渾沌。

「因此，十七歲的我和現在的我絕不是連續的。當然可以去聯絡當時認識我的人問個清楚，但我不覺得這麼做有什麼意義——也不打算把『只有今天一天』這麼有限的時間，花在『尋找自我』上。」

如此不由分說的堅定態度，以偵探來說或許是很瀟灑——但也因為如此，才讓我有種硬是要就此了結的感覺。

該說是顧左右而言他，還是虛張聲勢呢。

就算她的失憶是循序漸進，即使今日子小姐不主動出擊，當時的朋友或是家人應該也會來找她吧……

「總之，我光是要回饋社會就忙不過來了。不過話雖如此，也不是完全跟過去一刀兩斷。我剛才在休息室裡聽到，傳聞我有個高中時代的同學是警界的高層——還說就是因此置手紙偵探事務所才能常常接到警方的委託……這個傳聞如果是真的，我還真想向對方道謝，但是很遺憾，我實在沒有時間去確認傳聞的真偽。」

今日子小姐看了一眼場內的時鐘。

演講已經超過預定時間——身為最快的偵探，差不多想畫下句點，但又不能硬生生地結束問答時間，因此她繼續接受發問。

「那就再請一到兩位提問吧。還有髮型帥氣的朋友要問問題嗎？如果有人認為自己的髮型還不錯，請千萬不要客氣。」

「假如明天一覺醒來，記憶不再重置了，你想做什麼？」

接著提問的發問者，是個髮型帥氣，看來像是大學生的男生，但這個問題卻多少有些思慮不周。他應該沒有惡意，但這跟開口問因故而不能走路的人「如果你能全力奔跑的話，你會怎麼做？」沒兩樣。

然而，今日子小姐依舊面不改色地用「真是個好問題呢」開頭。

「我想試試看睡回籠覺。」

她這麼回答。

「今天早上也是……大概每天早上都是如此吧。畢竟睜開眼睛以後，要做的事情實在太多——要認識自己、要學習這個時代的事物、要接工作……忙上加忙。雖說這是每天早上勢所必然的早自習，但一想到自己每天都重複著這些事，還是會有點厭煩。所以假如明天早上醒來，記憶沒有重置的話，我一定要睡到中午再起床。」

這個問題要是回答得不好，可能會讓氣氛變得很尷尬，於是今日子小姐避重就輕，以幽默的方式輕鬆帶過。可是一旦深入解讀，卻也是值得深思的回答。

因為從另一個角度來思考，忘卻偵探別說是睡到中午，就連閉目養神、打瞌睡，甚至是睡個午覺也不行──「春眠不覺曉」這句話，可以說是和今日子小姐八竿子打不著。

對今日子小姐這番話有什麼感想，可能因人而異，但還好這並沒成為最後一個問題。雖然成功避免了氣氛陷入尷尬，可是就這樣結束演講，顯然是不夠像樣。

「那麼，接下來是最後的問題──請那邊那位髮型最帥氣的小姐。」

被指名為「髮型最帥氣」的發問者是一位長髮的女性。從我的座位只能看到她的背影──一頭烏黑亮麗的長髮。既不是恭維，也不是客套，那頭長髮是真的很漂亮──漆黑如夜，好似這輩子從未染過。

「這個問題可能有點失禮。」

感覺有點危險的開場白，使我反射性地進入備戰狀態（如果是可能潛伏在場內的保鑣也就算了，我備戰又能怎樣），得到最後發問權的女性繼續把問題說完。

「我愛上的男人總是同一個樣，也因此常常遭遇同樣的失敗。這也該算是今日子小姐所說的類型化嗎？或是我因為老是記不住以前發生過的事，所以才學不乖地總是喜歡上大同小異的男人呢？」

與其說是要請教忘卻偵探，問題的內容更像是人生諮詢——發問的女性似乎也察覺到這一點，於是有些硬拗地把問題焦點拉回今日子小姐身上。

「今日子小姐喜歡什麼樣的男性呢？就算忘了喜歡對方的事，第二天還是會喜歡上同一個人嗎——還是說，會隨著每次重置的記憶，喜歡上不一樣的人呢？」

只看背影無法下定論，但是從聲音來判斷，發問的女性大概與我年紀相仿——換言之，和今日子小姐也是同一世代。

不過，開場白雖然有點恐怖，前半段也有些不知所云，但結果倒是問了個很適合用來畫下句點的好問題。

忘卻偵探的愛情觀。

要說不在意是騙人的。

如果是由男性提出這個問題可能是另有所圖，但是由女性提出來，就感覺很自然——今日子小姐究竟會怎麼回答呢？

雖然看今天整場演講的調性，實在不覺得她會認真回答，但還是無法不好奇今日子小姐會怎麼閃避這個大哉問——大部分的聽眾也都抱著同樣的心情吧。

「真是個禁忌的問題呢。」

今日子小姐一臉無奈地兩手一攤。

搞不清她是真的這麼想才這麼說，還是從一開始就打算要用這種變化球來收場——無法得知其真意。

「對於你的愛情史，沒有我說話的份；至於我的愛情史，也沒必要向大家交代——因為不管是每次都愛上同樣的人，還是每天都愛上不一樣的人，我都不記得了。唯一能確定的，是我現在還單身——因此，請讓我用一般論來代替回答。」

是八年前的一般論嗎？

還是今天學到的一般論？

抑或是人類從古至今，周而復始的一般論？

「不管你是陷入類型化公式重複同樣行為，還是無法從過去的失敗中得到教訓，沒有學習能力地愛上同樣的人——不管我是每次重置記憶後都會愛上同樣的人，還是每次重置記憶後都會喜歡上不一樣的人，其實都差不了多少，因為——」

忘卻偵探說道。

帶著幾近於意氣用事的爽朗笑容。

「天下的男人都是一樣的。」

第一話

隱館厄介，被採訪

1

聽完今日子小姐的演講後又過了一個月，我依舊是求職中的待業青年。才剛領教過名偵探全方位的工作表現，真是太丟臉了。

姑且不論是否具有智慧，但我真的好想什麼都會。

話雖如此，但是為了我的名譽，請容我解釋一下（雖然我本來就沒什麼名譽可言，但暫且不提這點）——這一個月以來，我當然也不是一直沒有工作，還是有些動作的。

聽完演講之後沒多久，我被錄取為某家信用合作社的行政人員——可惜方才意氣風發地被錄用，沒兩下就又氣息奄奄地被炒魷魚了。

直到現在。

我想不用我再舉例了，被炒魷魚的原因又是我根本沒幹過的壞事——簡直是了無新意。不，在踏進信用合作社這種管理錢財的職場當下，不祥的預感就已經壓得我喘不過氣來。不過我可沒有選擇工作的自由，光是有人願意僱用我，就應該要謝天謝地了——我是講真的。遺憾的是，該說是果然還是竟然呢，尚在新訓的階段，盜用公款的不白之冤就從天而降。

幸好，不，是不幸中的大幸——對我而言，要應付這種狀況已經是得心應手，非常非常得心應手，甚至可以平心靜氣地認為「沒什麼，不就是常有的事嘛」。身為冤罪界的英雄，面對被怒氣沖昏腦袋、朝我破口大罵的主管宣告「請讓我找偵探來」之後，便從儲存在手機的偵探名單裡找出足以勝任的「名偵探」，打了通電話給對方。

不是打給今日子小姐。

因為再怎麼想，那都不是可以在一天內解決的問題，加上我也實在不認為把平素就以「金錢的奴隸」自居的她，叫來信用合作社這種貨幣密集之處是個恰當的主意——根本是不當到極點。於是，我委託了專門處理與銀行有關的案子，俗稱「借貸偵探」的夢藤先生來解圍。

他是個優秀的偵探，也因此，所費不貲。

價碼大概是今日子小姐的三倍，可是被安上的罪名既是盜用公款，找只想趕快擺脱如此屈辱的冤枉——這也是不得已的支出。

事情已經結束了，所以我只説結論……不枉其高人一等的費用，借貸偵探確實洗刷了我的冤屈，但是由於罪證確鑿的竊賊居然是在公司裡被視為偶像的行員，反而使得我的處境更加艱難。我後來受到的壓力，居然比被當成嫌犯時還要大（誠如各位所知，人的感情十分複雜）——到頭來，我只好主動辭職。

基於個人生涯規劃。

由於等同封口費的資遣費也是直接左手進、右手出地給了借貸偵探，我這已經數不清是第幾次的「職場體驗」就在損益兩平的情況下告一段落——該説真不愧是借貸偵探嗎。

有進就有出，真是漂亮的損益平衡表。

因此，如果要為這一個月做個總結，無非是「一度提起幹勁為了工作成天忙碌不已，結果卻跟每天在家睡覺沒兩樣」——真不知該怎麼形容這種鬱悶的心情。

不過，嚴格說來，並非損益兩平。

這一個月我也得過日子，所以想當然耳，會產生生活費。

這部分是負的。

光是活著就是負的，這是什麼人生啊。

既然如此，或許去死一死還比較有效率。

這種損益平衡表誰受得了。

會變得悲觀也無可奈何，沒有收入的時候只能虛耗存款坐吃山空，在精神上是很大的壓力——也正是因為處在這麼憂鬱的時刻，我才會答應接受那個從天而降的「採訪」邀約。

2

即使本人已經忘記，但想到身為忘卻偵探的今日子小姐那些令人眼睛為之一亮的豐功偉業，會有人邀請她去演講也沒什麼好值得驚訝的（雖然我還是大吃一驚）。

然而，居然有人要採訪既不是名偵探，也沒有令人眼睛為之一亮的豐功偉業，說起來根本什麼都不是的我——聽到時與其說是驚訝，不如說是驚慌失措——原本以為是不是把我和什麼人搞錯了，但是除了我以外，實在想不出來還有哪個身高超過一百九十公分，又名叫隱館厄介的男人。

該不會是記者查出我是忘卻偵探的常客，要問我關於忘卻偵探的事……沒想到也並非如此（確認過好幾次，對方都回應並非如此），一再說明是以我個人為主的採訪。

以我為主軸進行訪談也太莫名其妙了，令我整個人陷入混亂，但在仔細問過之後，對方的採訪目的倒是清楚明白——因為我是今日子小姐的常客這個猜想，雖不中亦不遠矣。

只不過嚴格說來，要採訪的是忘卻偵探等各路名偵探的「常客」隱館厄介——這樣。

說得明確些，對方要訪問的並非是時常身為「委託人」的隱館厄介，而是時常身為「冤罪被害人」的隱館厄介。

冤罪界的英雄——隱館厄介。

啊哈，原來如此，原來是打算把不斷蒙受不白之冤的厄介同學可悲的前半生整理成一篇可笑的報導啊——我起初沒把這個邀請視為「常有的事」而當作是「常見的那個」，進一步詢問之後，發現要採訪我的媒體，是目前以網路為主展開的時評報導新興媒體，至於特輯主題「冤獄為何發生？又該如何防範？」更是正經到使我跌破眼鏡，甚至心生膽怯的社會觀察專題。

新聞網站名還是《一步一腳印》——可笑的「可」字都不知要寫哪裡。

一點都不可笑。

說老實話，若是在平時我應該會馬上拒絕這個採訪邀約，但是有兩個理由讓我難以拒絕。

一是在中間穿針引線的仲介人是我的朋友紺藤先生。二是如前所述，最近一個月的收支呈現赤字，要是接受採訪能收到酬勞的話，再也沒有比這個更值得慶幸的事了。

不誇張，我是真的徘徊在生死存亡的關頭。這是死活問題。

當然，也因為才剛被炒魷魚，心情上的確想找人說說話。

硬要說的話，或許是因為今日子小姐演講時提到的「回饋社會」這句話還留在我的腦海——即使已經不存在於今日子小姐的腦海裡。倘若像是我這種微不足道之人所說的微不足道之經驗談，也或多或少能讓這個世界變得更美好、能做為人們的心靈救贖的話，偶一為之也不錯。

雖然我沒有足以暢談社會正義的道德觀，但是偶爾能為別人出一點力也不錯。

就算沒有今日子小姐背負的那種反覆無常的命運，如果讓世人知道我一路背過來的這些黑鍋能起什麼作用的話……

如此這般，在保證匿名的條件下，我接受了《一步一腳印》的採訪——當時並未深思這麼做會有什麼後果。

真是的……說到底，人果然不該做不適合自己的事。

3

「初次見面，我是圍井都市子。」

採訪當天，記者準時出現在約好的咖啡廳，看她這麼向我寒暄問候，讓我卻覺得似曾相識——總覺得以前在哪裡見過她。

不過她又不是忘卻偵探，既然都說了「初次見面」，肯定就是初次見面——嗯？忘卻偵探？

我想起來了。

沒錯，我在今日子小姐的演講會場上見過這個人——圍井小姐。

不，正確說來並未見過，我是只看過她的背影。

只看過她的一頭秀髮。

在演講後半段的問答時間，最後一個提出問題的人，就是圍井小姐——當時我並沒有看到她的臉，但她那頭烏黑的長髮，總之是令我印象深刻。

因為是——帥氣的髮型。

當然，我不敢確定。

因為只是從後方座位驚鴻一瞥，而且是一個月前的記憶，再加上穿著打扮都跟當天不同——那天的「她」打扮得很休閒，今天的她則是從頭到腳都像是個記者，模樣十分幹練。

只是——

「因為我才剛入行，可能會有很多禮數不周的地方，請您多多包涵，隱館先生。」

她說話口齒清晰。聽聲音，感覺應該就是和那時的發問者是同一人——儘管如此。

「初次見面，我才得請你多多指教。」

我還是這樣回答。

畢竟這時就算口出「不對，我們以前在哪裡見過，我就是那個時候的那個人啊！」我也不覺得能聊得起來——相反地，可能還會惹對方不高興。既然我也沒把握，當時也沒說過話，看來對方完全不記得，那麼這時用「初次見面」來寒暄，應該就是最佳解答。

然而，萬一當時發問的女性真的是圍井小姐，她參加那場演講會時，也是以記者身份出席的嗎？

說不定身為記者的她，真正目標還是今日子小姐，只是想透過我這個常客旁敲側擊切入忘卻偵探的內心世界——這種動機不純正的揣測再度在我心裡抬頭，不過，大概沒那回事吧。

就當那天的穿著是為了配合當時場內氣氛的偽裝，假使她是為了工作去聽今日子小姐的演講，那時提出的問題，應該會更聚焦於今日子小姐真實的一面吧——雖然輪不到活像是個追星族般、問什麼穿搭的我來說三道四，但拿出自己愛情煩惱來諮詢的圍井小姐，想必不是去那裡工作的。

那是她的私人行程吧。

既是私人行程，也是個人隱私。

這樣的話，最好還是不要提起那件事——眼見圍井小姐一本正經，針對嚴肅的主題，準備好好扮演採訪者的角色，我實在不想隨便擾亂她的士氣。

要是被她知道我當天在場，聽到她的愛情煩惱——而且內容還是「男人換來換去都失敗」的愛情煩惱——我實在不認為她能完全不為所動，繼續以泰然自若的態度完成接下來的工作。

面對採訪者，我應該貫徹演好受訪者的角色。

「嗯？您怎麼了？」

「啊，不，我太緊張了。因為我很少有機會接受這樣的採訪。」

察覺有異的圍井小姐面露不解，我只得找了個藉口蒙混過去，再點杯飲料——不知她是否能接受這樣的答案。

「這樣啊，我也很緊張。」

圍井小姐一邊說，一邊把錄音筆放在桌上，打開筆記型電腦，手腳十分俐落地進行採訪的準備工作。

感覺真是位能幹的女性。

如果是以前，會被叫做帥氣女人（HANDSOME WOMAN）——不，如此老掉牙的稱呼，就連記憶無法積累的今日子小姐也不會這麼叫才是。

固然和今日子小姐是不同類型，對工作的態度則令我很有好感。

雖說經驗不多，我過去也歷經了很多事，接受採訪也並不是頭一遭。由於總是被戴著有色眼鏡加以詢問，結束訪談時從未感到心情愉快——所以我說緊張也不是在騙人的——看樣子，今天似乎不用擔心。

只要我別說些多餘的話……

「隱館先生過去被捲入過許多冤案，首先想請教您本人對這種情況有什麼想法？」

當兩人份的飲料送上來，圍井小姐立刻切入正題——她放了兩只錄音筆在桌上，分別用來錄自己的聲音和我的聲音——是因為這麼做，之後聽打時會比較方便嗎？要領之好，媲美今日子小姐。

她把筆電擺在面前，似乎打算像速記那樣即時記錄重點，一字一句都不想錯過的態度讓我佩服得五體投地，使得我現在已經不只是緊張，甚至感到怯場。

很抱歉，但我實在說不出值得她這麼全神貫注的話——或許我的確累積了不少常人碰不到的經驗，只是若問我從中學習到什麼，還真的沒有。

因為我每次都手足無措。

手忙腳亂，驚慌失措。

既學不會，也學不乖，只是重複著同樣公式……啊，就來談談這個吧？類型。

「過去我所經歷的冤案，大致可以分成三種類型。第一種是沒有任何理由及根據，只因成見或偏見而遭到懷疑的類型。第二種是從證據及狀況，認定犯人只有我的類型。第三種，是真兇故意陷我入罪的類型——說到冤案，大家可能會認為多半是第二種『被懷疑也沒辦法』和第三種『被設計而遭受懷疑』的情況，但其實絕大部分都是第一種類型。」

「也就是……『沒有正當的理由或根據就遭到懷疑』的情況嗎？」

圍井小姐附和得正是時候，我順著回道「沒錯，就是那樣」還點了頭——也不禁覺得自己這樣講解，很像今日子小姐解謎時的場景。

看來我也不是什麼都沒學到。

當然我可沒有「如果圍井小姐是今日子小姐的粉絲，她應該更容易明白我想說什麼」這類的盤算。

「所以你問我『有什麼想法』……老實說，我只覺得『莫名其妙』。我完全不懂大家為什麼要懷疑我，光是這樣就讓我舉止慌亂、不知所措，而那使得我看來更加形跡可疑，更是令人起疑。」

我想起任職信用合作社時被懷疑盜用公款的事——分明什麼證據也沒有，就立刻懷疑錢是我偷的，但是輪到竊賊，那個被大家當成偶像的行員，同樣也沒有任何根據，連不在場證明也沒有問過，就獲得眾人全面的信任。

這還不打緊，即使在借貸偵探夢藤先生揭穿真相後，還有人頑固不移地堅信「那個人才不會做這種事」。

「當這種事一再重複，被懷疑到『習慣成自然』——結果造成只有洗刷冤屈、擺脫嫌疑的技能無人能及，還真是本末倒置。」

僱用偵探，擺脫不必要的嫌疑，固然是優異的防衛策略，然而一旦變成收支兩平——嚴格說來是出現赤字——就得說實在沒什麼意義。

至少沒有生產性。

總之幾乎每次都落得回家吃自己的下場——原本應該採取「盡量不要被懷疑」的對策才是——但為時已晚。

「也就是所謂的……『李下不整冠』嗎？」

圍井小姐說道。

「這樣聽起來，你好像認為原因出在被懷疑的人身上？」

「不是的，呃，對自己沒自信的時候或許會這麼想，但我基本上不認為是自己的錯——正因為不這麼想，才更難受就是了。」

不認罪的話，會被認為沒有在反省——一旦道歉了，又會被認為在說謊。

問題是，我本來就不用認罪，也沒有在說謊。受到懷疑時，我根本就找不到事由來懺悔「早知道」。

沒什麼原因。故原因不明。

頂多只能詛咒命運的蠻橫無理，但是裡頭往往又穿插著人為的意圖，所以也不能全部推到上帝頭上。看到我的遭遇，應該連上帝也會說「才不是我的錯」吧。

「硬要說的話，『以前曾經被無緣無故地懷疑過』這項事實，似乎就足以使人對我更起疑心。」

「因為曾被懷疑，所以才被懷疑——嗎？」

詫異爬上圍井小姐知性的臉龐——莫非是心想這也太慘了嗎。

是呀，我自己也是這麼想的。慘到無可救藥。

可是，這也是現實。

人生路上，有時候即使沒整冠，只是走過李下也會被懷疑——當這種事一再重複，就成了理所當然，遇到也沒什麼感覺。會覺得這是「常有的事」，我覺得還算是好的。

類型化。

可能有人會說，既然如此不要走在李下就好了，可是如果不知道其他的路，就只能走在那條路上——開拓不同的類型並不是那麼簡單的一件事。

修路可是個大工程。

「就像一旦有了前科，就容易被列進嫌犯名單——那樣的感覺吧。即使實際上，當事人根本沒有前科。」

與其說是附和我的說法，更像是她的獨白。

或許並非是身為採訪者，而是她身為新聞工作者的有感而發。

「接受社會的制裁，有了前科的人，之後由於很難找到正常的工作，逼不得已只好再犯——也會發生這種惡性循環。」

「……這也跟『以前被詐騙過』的詐欺被害人，往往又很容易因此成為騙子的目標的狀況類似。」

我本身不曾遭到詐騙（但曾被懷疑過是詐騙分子），聽那些被騙過很多次的人說起他們的體驗，我也曾有過「第一次也就算了，為何會一而再、再而三地被騙呢？」之類的疑問。

這麼說來，會有人認為「被騙那麼多次，問題該不會是出在被騙的人身上吧？」也不奇怪——可是在絕大多數的詐騙案例之中，不但被害人身上找不到什麼問題，加害人的手法也不見得特別高明。

必定是因為被害人——還有加害人，都陷入了某種類型化的公式裡。不是有一就有二、有二就有三，而是因為有過二，才會無三不成禮。

「被害人之所以一直是被害人的循環自不待言，也有被害人成為加害人這種令人不想面對的循環——而且，其實這種事很容易發生。」

「是啊。」

我點點頭，表達對圍井小姐意見的贊同。

名偵探坐鎮的推理小說裡描寫的兇手，也常會在最後一幕吐露悲慘的動機——聲淚俱下地訴說兇手其實也是被害人。可能是因為作者與讀者都下意識地認為「動手殺人一定要有能與其嚴重性匹敵的理由」吧。

但與其說是痛快的復仇劇，這種轉換被害人成為加害人的戲碼只是種悲劇的結構，除此之外什麼都不是，不是我說，根本稱不上痛快，只會留下痛楚，甚至是不快感。一想到現實社會同樣一再重演著同樣的悲劇，甚至已經超越悲劇的範疇，應該要說是喜劇了。

「就某個角度來說，雖然我因為自己一直受懷疑被誤會，甚至總是以被害人自居，但同時也感到不安，深怕自己什麼時候會變成加害人。」

「……既然都要被冤枉，乾脆真的幹一票，是這種思維嗎？」

「我倒沒想過這麼瘋狂的事……不過，不分青紅皂白就懷疑我的人們通常都不是壞人——反而多是善良老百姓。正因為善良，才會急著糾舉犯人和壞人的不是，基於一股義憤填膺想把我絞首示眾——」

於法而言，明明沒有證據，還誤會某人是犯人，根本是不折不扣的犯罪行為。

既然是犯罪行為，就不能說他或她們純粹只是善良——只是，這些人絕不是出於惡意地攻擊我，至少不單是出於惡意——還出於道德觀及正義感。

「——因此，我也擔心自己可能正不知不覺地做著同樣的事。對報導及新聞囫圇吞棗，沒有理由，也沒有根據地認定誰是某件事的犯人。」

「在我這以報導為業的人聽來，還真是逆耳之言呢。」

圍井小姐的唇畔浮現一抹笑意。

「我一直提醒自己不要犯那種錯誤，所以本次才會想製作這樣的專題，但的確，由於近年新聞媒體的競爭實在太過於激烈，進而產生許多的冤罪也是不爭的事實。」

我的回答似乎被她以為是在諷刺什麼——但如果只將這種現象單純視為犯罪報導的一體兩面，反倒可能會完全忽略了本質。

不只是以報導為業的人，大家都做著同樣的事。在家裡、在學校、在公司，大家都做著同樣的事。真要說的話「找犯人」和「猜犯人」根本不是什麼兩面，只是人類真實的一面。

當然，雖說影響力有大有小——現在這個時代，即使是個人也能向全世界發表意見及偏見。

不，推給時代也很奇怪。

在自己的小圈圈裡流傳的謠言，結果卻造成國家滅亡或大恐慌的逸話早就不勝枚舉——這也是在歷史上重複到令人厭煩的一種發展類型。

「話題有點偏了，讓我們言歸正傳吧……那麼，隱館先生，如果不想被一再冤枉，難道只能保持『從來不被懷疑』嗎？」

「若是如此就不用這麼辛苦了……單純要應付被人冤枉後的窘境已經不容易，還要在從未有任何經驗時未雨綢繆，簡直……反過來說，如果最好的對策真的是『從來不被懷疑』，那麼不就等於是在說『只要被懷疑過一次，就可能再也難以翻身』了嗎？」

這麼想的話，或許我還算幸運——因為也有人只是蒙上一次不白之冤，就失去工作和家庭，整個人生都毀掉了。

別說是有二就有三，光捲入一次的冤案，就再也沒有第二次或第三次的機會——一次就失去了一切。

於是為了不被懷疑，平時與周遭的人廣結善緣便顯得相當重要——正因如此，若能像信用合作社的盜領犯那樣，與周圍建立起「即使已經罪證確鑿仍會被信任」的關係，真有個什麼的時候，還是會有可靠的伙伴在身旁。

以我為例，紺藤先生正是如此。

在出版社打工時發生的案子，大家都懷疑我，只有那個人，直到最後都相信我。

我很高興，同時也感到膽怯。

覺得彷彿是壞心眼的我正在利用他的善良——雖說這樣想也真是把自己貶得太低，但是人一再地被懷疑，結果就是會把自己貶得這麼低。

「只是，雖然我們會認為平常就行得正、坐得端理應是再當然不過的事，但也有人就是達不到『平常』的標準。」

怎樣都無法好好過日子，跟不上時代、與周圍的人也處不好——去批評這種人「誰叫你平常不好好做人」，未免也太殘酷了。

事實上，也有人縱使成天走旁門左道也沒事。

更何況也沒有人能保證平常行得正、坐得端，就絕對不會成為冤罪事件的被害人。

雖不完全適用於信用合作社的盜領犯，但如同在推理小說中「最不可疑的登場人物就是真兇」儼然是為一種公式那般，「沒想到那個人會做出這種事」這句話背後的意義，與口出「果然是他啊」所伴隨的恍然大悟，或許其實沒什麼太大的差別。

無論是誰，無論怎麼小心，都無法避免捲入冤案。

「這跟不管是成績斐然還是素行不良，不管是受歡迎還是被排擠，任何人都可能成為班上霸凌對象的情況其實大同小異——要成為身陷冤罪的被害人，根本不需要什麼特別的理由。」

「霸凌……是嗎？」

圍井小姐重複我說的話。

我只是想舉個例，但她似乎很在意——《一步一腳印》是深入社會的新聞媒體，或許不只是冤獄問題，也曾推出這類專題吧。

不過，圍井小姐馬上意識到那不是這次的主題。

「從毫無理由就被安上冤罪的被害人立場來看，或許的確像是一種來自社會的霸凌也說不定。」

她修正了軌道。

「隱館先生雖然將冤案分成三種類型，一旦身陷冤罪，不管是哪一種，應該都一樣沒有道理可言，不是嗎？」

接著又提出問題。

「你說都一樣沒道理，但第二種和第三種的情況都不是完全無法因應。若是所有的證據都指向我，只要指出那些證據的錯誤就好了；如果是有人要陷害我，只要揪出那個人就行了。」

不過話說回來，實際指出錯誤和揪出真兇的人往往不是我，而是各位偵探——無論如何，姑且不論恢復名聲或回歸社會的問題，遇到這兩種類型的冤案，如果只是要洗刷冤屈，還能用講道理的思考來因應。

「原來如此……可以理解。可是，隱館先生，最常見的冤案其實是第一種類型對吧？」

「沒錯，所以才麻煩。」

既沒有明確的理由，也不是誰刻意為之，只因前前後後順勢就地於是被懷疑的時候，就算是名偵探，也會撞上看不見的障壁。

名為情緒化的障壁。

「也有第二種和第三種類型後來發展成第一種類型的情況——那是其中

最糟糕的狀況了。」

得到名偵探的協助，好不容易洗刷了冤情，也可能依舊毫無意義。

不過，可能也是冤枉別人的人一旦表態過不信任，就很難找到台階下的關係吧。

亦即所謂的自保。

剛才也稍微提到過，冤枉無辜的人，其實是各自獨立的犯罪——雖然不是故意的，卻還是犯下這樣的罪——不想承認如此事實的心情，會讓人無法老實承認錯誤，即使已經證明遭到冤枉的人其實無辜，也會一直認定「儘管如此，犯人還是那傢伙」。

結果又在罪上加罪——可能還會反過來口出「我們也被騙了」這種宛如自己是被害人的台詞。

「回顧過去我曾被捲入的冤案，想必有些相關人士至今仍深信我才是犯人——可能認為我只是『巧妙地藉詞脱逃』，甚至對我更加恨之入骨。」

真要說的話，一切都很順利，能神清氣爽徹底解決的例子少之又少。

在許多人眼中，我找偵探來證明自己的無辜，與兇嫌僱用精明的律師將事情擺平，其實沒什麼太大的差別——實際上我也覺得是大同小異。

無法堅決否認。

從某個角度來看，將律師或偵探的電話號碼儲存在手機裡頭過日子，只是進一步實踐平常行得正、坐得端，盡量小心不要莫名其妙地惹來懷疑的生活態度罷了。

就這層意義上而言，與「為了避免被捲入犯罪，所以攜帶防身警報器」應該差不多——但這種「對策」卻正是啟人疑竇的原因，真是太諷刺了。

「你說『對策』反而啟人疑竇是什麼意思？」

「呃，我的意思是……這麼做，可能會讓人以為『這傢伙肯定是做了什麼虧心事，才會採取這種對策吧』。」

如同否認加諸在自己身上的懷疑，反而讓人認為「毫無悔意」那般——一旦被人懷疑，做什麼事都會讓人覺得可疑。就連根本稱不上是自保，只是最基本的防身對策都會被曲解。

「……」

明明還在採訪途中，圍井小姐卻沉默不語。

大概是才開始就切入了太沉重的話題。

話說回來，這也不是歡樂的話題。

「總之，重點在於『不管別人怎麼想，自己都必須堅持維護自己』吧——一旦放棄，覺得『被懷疑的自己也有錯』，那就真的完蛋了。」

於是乎，我極為勉強地試著做出積極正面的結論，只可惜聽起來並沒有那麼積極正面。

圍井小姐也還是一臉凝重。

「……可是您這說法，不只是背負冤罪時，實際犯了罪的時候，應該也同樣適用吧？就像『的確是我不對』的反省，以及『反正做都做了』的自暴自棄其實是兩回事一樣。」

嗯。

我從未這樣想過。

圍井小姐是新聞工作者，所以不只是犯罪被害人——或像我這種冤罪被害人，她也有很多機會聽取實際參與犯罪的加害人現身說法——或者說正因為如此，才會有這番見解吧。

「用我這條命來贖罪」這種心情與「隨便啦！趕快判我死刑」的心情是不可能畫上等號的——可是，即使由於反省犯下的罪行而拒絕請律師辯護，被害人的憤怒也不可能因此平息。

再說，不管是僱用精明的律師，還是拒絕聘請律師，都不可能讓被害人得到喜悅或滿足。

不好意思又要提到推理小說——推理小說之中有種「兇手遭到名偵探揭穿罪行之後就服毒自殺」的固定橋段。

這種結尾高潮戲很容易招致「就算是在故事中具有特權地位的名偵探，也不能將兇手逼上死路」的批評——不過，畢竟是為了提高戲劇性的安排，突顯出「殺人的重罪只能以死來償還」也多少是為了取得故事上的平衡——然而在追究將兇手逼死的名偵探要不要負責以前，在現實世界裡的兇手要是同樣以這種方式作結，也太便宜他了。

儼然是來找碴的自殺不是嗎。

「兇手最後選擇自殺」所表達的絕非反省之意，反而比較像是在找偵探麻煩——那麼，若問到底該怎麼做才算是充分反省過錯，這又會產生非常難以回答的問題。

可能是拘役，可能是賠償。

但是仔細想想，這些與反省又是不同的概念。

若將殺了人要服刑十年，解釋成只要付出人生中的十年就可以獲得殺人的權利，或將繳交罰款解釋成即使給人帶來困擾，只要付錢就能解決——再怎麼想都是曲解。

贖罪。

不用說，當我被冤枉時，也總是被迫站上被要求贖罪的立場，但如同剛才所說，我只會覺得「不知道該怎麼反省根本沒犯下的罪」——那麼要是「犯下的罪」，又該怎麼反省才好呢？

不知道。

這不是我回答得出來的問題。

「不，為了今天的採訪，我準備了幾個無論如何都想請教隱館先生的問題，而這正是其中之一。請您一定要回答。」

「什麼？」

我愣住了。

「這個嘛，這也跟一開始的問題有關……隱館先生至今已經被人冤枉過好幾次了，對吧？」

圍井小姐重新把姿勢坐正。

彷彿終於要進入正題了。

「然而，就我蒐集到的資料，您似乎從未控告過誣陷你的對象——從未要求無故冤枉您的人贖罪，這究竟是為什麼呢？」

哦，原來是這個意思啊。

但這也是很難回答的問題——若要問我為什麼。

園井小姐緊迫盯人。

「控告對方傷害名譽、請求賠償……個人認為這是您天經地義的權利，而為了避免再度蒙上不白之冤，我也認為讓不分青紅皂白懷疑隱館先生的人們接受法律的制裁，是您應盡的義務。」

幾乎令人招架不住的強力主張。

甚至還用上「義務」這個詞，感覺好像是在指責我有所怠慢。

「然而您不只沒有這麼做，從剛才的談話一路聽下來，感受不到絲毫隱館先生飽受冤罪所苦一事有類似憤怒的情緒──雖然感嘆世上有很多事情沒有道理，但是卻完全感受不到半點對加害人抱持具體的怨懟、憎恨之類的心情。不僅如此，甚至還展現出理解的態度。當然，也有可能是因為您顧慮到個人隱私的問題……」

「嗯……」

該怎麼回答才好呢。

看在第三者眼中，或許會覺得我這種反應很沒出息，或是以為我故意要表現出聖人君子的態度——又或者會基於「這樣都不生氣，該不會真的是犯人吧」之類的猜想而更加懷疑我也說不定。

「畢竟被開除時通常會收到用於遮羞或封口的資遣費，所以也覺得沒必要對簿公堂……」

「儘管如此，頂多也只是正負相抵為零不是嗎？」

正是如此。

不對，其實還虧了一點點——比零還少了一點點。所以才會像這樣接受採訪，勉強餬口。

「……第一個原因應該還是『要告對方也很麻煩』吧。因為這麼一來，爭執就會繼續下去——一次兩次還好，但是像我這麼容易被人冤枉的人，要針對所有被捲進的冤案一一打官司，是很不切實際的選擇。對我來說，趕快找到下一份工作，比起提告對方來得重要得多。」

深思熟慮的結果，我從想得到的答案裡選了一個最無趣的答案——雖然也很擔心圍井小姐會不會大失所望，還好她臉上並未露出失望。

而是一臉認真地聽我說話。

「明明已經洗清嫌疑，還繼續糾纏不清的話……該怎麼說呢，一個搞不好可能會比被懷疑還要累……當然，我可無法隨心所欲地控制記憶，沒辦法換個心情馬上就把不愉快的事都忘記。」

我在心裡想著忘卻偵探的事，如此說道——圍井小姐將這句話記錄在筆電裡之後，又繼續問我。

「第二個原因呢？」

第二個原因。

不，老實說，口出「第一個原因」這個詞時，我還無法具體用言語來表達「第二個原因」——只是「因為很麻煩」這個理由太過理所當然，連我自己都覺得「不只這樣吧」，所以就不由自主地講出「第一個」來了。

那麼，第二個原因又是什麼呢？

已經沒有時間思考了。

只能把我想到的老老實實地說出來。

「因為我沒有想要責怪對方的心情——大概是這樣。」

「咦……所謂『對方』……難道是指懷疑隱館先生的那些人嗎？你人未免也太好了吧。」

圍井小姐有些不可置信地說。

「如果只是表示理解倒也還罷了……居然會說出這種類似袒護加害人的話。該不會就是因為你這麼說，才成為冤枉的對象吧？」

或許正如她所說。

不管發生什麼事都不會生氣的人很容易被針對，選擇忍氣吞聲的人就更容易身陷必須一再忍氣吞聲的狀況，惡性循環就是這樣產生的——也肯定是我三番兩次被安上冤罪的原因之一。

然而，如果將此單純解釋「因為人太好」的話，我倒想反駁一下。

當然更不是「因為是好人」。

固然不到今日子小姐的地步，但是我也未曾婉謝封口費或遮羞費，總是分文不差地收下——這一點來看，我仍算是相當現實的人。

離聖人君子還差得遠——就連偽善都稱不上。

「既然如此，對於把自己當作犯人看待的人，為何隱館先生會沒有責怪對方的心情呢？」

「剛剛也提過，因為如果立場顛倒，或許我也會做出同樣的事——不，大概只是沒有意識到，其實我也一直在做相同的事——不只限於犯罪刑案，也不完全歸咎於報導，就是在日常之中，針對不認識的人懷有成見，在搞不清楚原委的情況之下產生誤解，或是嫌其麻煩。這麼想來，就會覺得這也是沒辦法的事——」

當然，這只是我個人的想法，無法推銷給任何人。不僅如此，雖然對圍井小姐不好意思，要是她將這番發言寫進報導，我會很困擾的。倘若「這樣啊，被冤枉時也要忍氣吞聲啊！」這種思想在社會上流傳開來，可是有違我的本意，對社會也不會有一點貢獻。

我不認為忍氣吞聲是美德。

其實我應該好好地發怒才對。這的確是義務。

冤罪界的英雄應該要以身作則。

我知道。

我當然知道，實際被捲入案子時，也絕非完全沒有怨恨痛苦的情緒——要是不知世上有「委託偵探」這個方法，我也會採取「正確」的行動吧。

「什麼才是正確的，終究還是因人而異——也會視當時的情況而定。」

因此，若說什麼是只有今天的我才能說的——

我拿起眼前那杯至今沒喝過一口的紅茶，輕輕潤了喉嚨。

為防萬一咬到舌頭或說話結巴，我想做好萬全的準備。

對了，我真正希望她寫進報導的，其實是這個部分。

因為那是由我一個人說來——幾乎是毫無意義的「建議」。

「冤罪是很難避免的，幾乎可以說是不可能。無論再怎麼提高警覺，還是可能在某天無憑無據突然被懷疑——不過，若是『不要無憑無據地去懷疑別人』，只要稍加留心，應該也不是做不到的事。」

「不要——懷疑別人。」

「因為只要沒有人去冤枉別人，就不會有人被冤枉。因此，請盡力提醒自己不要無憑無據地責怪別人，認清自己其實是非常多疑的生物。只要大家都能做到這一點，冤罪自然就會消失。」

4

在不考慮起承轉合，一開頭直接講到結論的總論結束後，進入細節的各部論述。

當然，因為是以匿名為條件的採訪，不能具體地描述「我過去曾遭受過這樣或那樣的冤枉」（畢竟也拿了封口費），只能就可說的範圍透露。

或許因為一開始就談完了最爭議的部分，接下來的訪談十分順利——當然，都是由很會提問的圍井小姐巧妙地帶領我發言。

仔細想想，過早的結論也是被圍井小姐帶出來的。想來那其實是非常天真、非常理想化的論調，令人汗顏到極點。但這也足見圍井小姐真是一位相當優秀的採訪者，感覺她的訪問手腕，和能自由自在地從相關人士口中打探出內幕的名偵探有點類似。

話雖如此，當訪談接近尾聲時，我幾乎都忘了「圍井小姐或許也去聽過名偵探的演講」這件事了。

原本打算想等到採訪結束再向她確認，氣氛卻不太合適——在聊完一堆冤案後，實在不好無憑無據地懷疑別人——我本來是這麼想的，但……

「那麼……時間也差不多了，我想提出最後一個問題。」

圍井小姐提出的最後一問，讓我百分之百確定她就是當天演講會場上的那個「髮型最帥氣」的發問者。

「隱館先生現在有女朋友嗎？」

這是最後的一個問題。

與前幾天她問今日子小姐的問題大同小異，都是跟戀愛有關，一點也不像是專業新聞工作者會問出口的「禁忌問題」。

第二話

隱館厄介，被嫌棄

1

「初次見面，我是偵探，掟上今日子。」

接受媒體記者圍井都市子的採訪後第三天，我久違地造訪掟上公館。

並不是以聽眾或好事者，而是以委託人的身份前來。平常的我。

其實受訪後我坐也不是，站也不是，第二天一早就打了電話過來，但是很不巧地，置手紙偵探事務所那天已經先接了工作——由於是不能預約，完全採當天受理的忘卻偵探，這還真是莫可奈何。

雖然身為常客的我早已見怪不怪。

話說回來，不管是對常客還是第一次上門的客人，今日子小姐總是以「初次見面」來招呼，今天收到的這張名片也不知道已經是第幾張了——騙人的，嚴格說來，我很清楚地知道這是第幾張。

因為我把今日子小姐給我的名片全都標上日期，整理歸檔——所以要數的話還是數得出來。

只是，一旦開始數起收到的名片，感覺就真的成了糟糕的狂粉，所以我刻意不這麼做。那是一條不得跨越的線。或許有人會說「會去動手整理歸檔就已經夠糟糕了」，但我決定對這種意見來個相應不理。畢竟有朝一日，當我要把今日子小姐的豐功偉業寫成書時，就會需要這樣的記錄不是嗎？

但用不著確認記錄，我也清楚記得上次委託今日子小姐是什麼時候——不計根本沒受到邀請，我依舊擅自去聽的演講，我最後一次見到今日子小姐，大約是兩個半月以前的事。

關於當時發生的種種——我將其命名為「飛行船事件」——詳情就留到改天有機會再說（當然，今日子小姐已經忘記了）……看樣子，掟上公館在那之後，似乎又進行了改建。

外觀造型有多處和以前不同——有些部分還蓋著藍色塑膠布。

我沒有掟上公館過去的照片，所以無法具體描述這棟三層樓高的鋼筋水泥建築物是進行著怎樣的改建，但我猜是正在加強保全系統吧？

忘卻偵探的記憶每天都會重置，但是保全系統卻日新月異，所以可能只是我不曾注意到，或許像這樣的改建更新乃是不可或缺的。
這也是她每天的「功課」嗎。
聽演講的時候就有這種感覺——我看似了解今日子小姐，但其實什麼都不知道。
不過，隔了一陣子，回想起那場演講的內容，到底有多少是真的，也愈想愈可疑——服務觀眾的花言巧語實在太多，再加上她原本就是能以若無其事的表情、若無其事的動作，滿不在乎地說謊的人。
否則就無法勝任偵探這份工作吧。
說來，她在演講時提到的「警衛」也住在這棟大樓裡嗎——我進來時還特別留意了一下，但始終不見人影。
嗯……
說不定是像忍者那樣，躲在屋內某處——如同潛伏在演講會場裡那樣。
不，潛伏在演講會場也只是我個人的想像。
我雖提心弔膽地擔心自己會不會被當成可疑人物或危險狂粉抓起來，

但仍摁下了附有攝影機的門鈴——然後再花上很長很長的時間通過國際機場級的安檢，終於抵達二樓的會客室。

聽說因為討厭這種安全檢查而取消委託的人也不少——雖說如果不喜歡的話，約在外頭見面就好了，但也有一些委託案件的內容就是只能在與外界全然隔絕的地方說。

我這次要在這個會客室裡說的，正是那一類的委託。

希望能保密再保密，還求滴水不漏。

「隱館厄介先生。真是個好名字啊。」

今天是稱讚我的名字。

被稱讚當然不可能不高興，只是我今天比平常還用心打理髮型，所以這種期待落空的失落感可不是開玩笑的。

今日子小姐今天的打扮是蕾絲襪子搭紫羅蘭色的百褶裙、燈籠袖的絲質襯衫、薄格子花紋短背心。

是學習的結果也好、上網搜尋的成果也罷，依照慣例她又是一身過去不曾見過的穿搭——只有滿頭白髮與眼鏡還是一如往常，不過，會不會只是對流行不夠敏銳又欠缺注意力的我不曾注意到，其實就連眼鏡也常有豐富的款式變化？

「你好……這次要麻煩你了。」

為了不想讓今日子小姐發現我看她看到出神，反而變得語無倫次，我順著她的指引坐上沙發——桌上已經擺著咖啡杯了。

黑咖啡——宛如青絲般漆黑。

「請問，您找忘卻偵探有什麼事？」

今日子小姐一下子就進入正題。

前天接受採訪時，覺得圍井小姐的要領之好，與今日子小姐有共同之處，但是就速度上，還是最快的偵探更勝一籌——話雖如此，如果在社會上以這種超高速來做事的話，可能什麼生意都談不起來。

當然，我不是來跟今日子小姐談生意的，所以倒也無妨——我是來向她諮詢的。

來委託她工作的。

名偵探與委託人——我與今日子小姐的基本關係。

不過，雖說今天的我是「平常的我」，卻是以較為非正規的委託人身分前來造訪置手紙偵探事務所。我並不是為了自己而來，並不是因為一如往常般又背了黑鍋，一如往常般想請她為我洗刷冤屈，才點開手機的聯絡簿——如果是那樣，昨天才不可能悠哉地說什麼「今天好像你很忙，那我明天再跟你約吧」，約不到今日子小姐，必須用最快的速度找其他偵探幫忙。

再說得明確一點，今天的我並不期待今日子小姐發揮最快的速度——連這是不是應該委託今日子小姐這位特殊偵探的案件，我也不太確定。

只不過，從我現在面對的特殊狀況來看，前來委託忘卻偵探應該還是最適當的選擇。

話雖如此，我卻怯生生的連我自己也感覺得出來。

「呃，是有點奇怪的委託……沒問題嗎？」

不先這麼說一句實在於心不安。

「可以啊！我最喜歡奇怪的委託了。」

今日子小姐巧笑倩兮地回答。

是因為近看才會有這種感覺嗎？她的笑容比演講時看起來更燦爛——也可以說是更近似業務用笑容。

「只要是您認為我幫得上忙，不管是什麼樣的委託，都請不要客氣地告訴我。如果我微不足道的推理能力能夠用來幫助人、幫助這個社會，我想再也沒有比這更開心的事了。幫助有困難的人是我至高無上的喜悅，也是我的生存價值。」

或許是今天早上通電話時就已經把委託費用談好了，所以今日子小姐言談之間滿溢著博愛濟群的氣息。

不同於演講時提及的「回饋社會」，這應該只是她的經營方針——或說是一種類似業務談話的技巧。

不是奉承巧言，而是行銷辭令。

算了，不管是不是講好聽的，她能這麼說還是該知足感恩——這樣我就能毫無顧忌地提出委託——因為生活困窘，沒想太多就接受採訪，結果從天而降的「奇怪的委託」。

「呃，簡單地說……」

我下定決心開口。

也想盡可能扼要說明。

「想請你調查某位女性。她的年紀和我差不多，我想請你詳細調查那位女性從小到大，截至目前的男性關係。」

「……」

今日子小姐臉上掛著笑容，卻一言不發。

連頭也不點。

毫無反應，彷彿時間靜止了一般。

怎麼，她沒有聽懂我的意思嗎？

我覺得一頭霧水，我已經盡我所能正確地表達了，難道是說法不對嗎？

只見今日子小姐說聲「不好意思」，從沙發上站了起來——然後絲毫不見猶豫地快步走到房間角落，拿起垂直掛在牆上的家用電話聽筒。

「喂……阿守先生……我是今日子……說不定……接下來可能會有很高的機率要請你出動……果然……既然如此……可以請你做好準備……以便隨時支援嗎……」

不知道她在跟誰講電話。

聲音很小，聽不太清楚，但感覺煞有介事，可以感受到不尋常的氣氛。

當我開始感到不安時，今日子小姐掛了電話。

「讓你久等了，隱館先生。」

回到我的面前坐下。

「我送去托兒所的獨生女好像發燒了，所以必須一直保持聯絡才行。」

假到不行的謊言。

居然謊稱自己是一個孩子的媽——到底是有多提防我啊。

「可以請你再說得詳細一點嗎？你要我調查一名女性，是嗎？要同為年輕女性的我，去進行另一位年輕女性的身家調查，是這樣沒錯吧？」

她笑得麗似夏花，但我也發現她的眼裡沒有笑意——怎麼了，她該不會是有什麼嚴重的誤會吧？

不過，算了，倒也不完全是誤會。

若純就字面上的意思來解釋這次的委託內容，的確是那樣沒錯——身家調查。對我而言不是尋常，但是以一般偵探會經手的業務來說，可以說是再正常也不過了。

雖然也覺得委託名偵探這種事好像不太妥——尤其委託忘卻偵探似乎更是不妥，但我仍然認為這是一件應該委託今日子小姐的案子，也是一件只能委託她的案子。

如果考量圍井小姐也去聽了今日子小姐的演講——

「沒錯。我想委託同為年輕女性的今日子小姐，去進行另一位年輕女性的身家調查。」

「這樣啊……你說得理直氣壯呢……」

「這是因為……」

我目不轉睛地凝視著臉色有些發白的今日子小姐——一面回想著圍井小姐前天對我說過的話。

「因為她至今交往過的六名男性全都遭逢破滅厄運，無一倖免。」

2

「隱館先生現在有女朋友嗎？」

在前天的冤獄專題採訪接近尾聲之時，圍井小姐問我的最後一個問題，令我目瞪口呆。

原本一直很嚴肅的採訪調性突然大轉彎，來了個閒話家常的問題——我完全不知道該怎麼回答。

除了啞口無言以外，無法做出其他反應。

如果這是在提出真正的最後一個問題之前，為了暖場而半開玩笑的隨口問問，認真回答就輸了。

也或許只是我為人輕佻才導致錯誤解讀，這其實是個非常嚴肅的問題也說不定。

是呀，說不定圍井小姐是想藉由提出這樣的問題，一針見血地指出——正因為我還是孤家寡人，即使蒙受了無數的不白之冤，還能口出「老好人」才會說的漂亮話。

這也是冤罪問題之所以不容輕忽的原因。

不只是當事人自己的問題，也會波及家人和心愛的人。

可能會讓他或她們傷心，也可能必須一起面對外人難以理解的苦戰——當然也有可能得不到他或她們的信任，甚至受到來自他或她們強烈責難唾棄的狀況。

若問我是否經歷過那麼悲慘的狀況，或是有那樣的覺悟，才說出「即使無法避免被懷疑，也能不要去懷疑別人」這種話，的確是個很沉重，必須好好思考的問題——被她問到這種問題，可不是飄飄然的時候。

沒錯，肯定是那樣沒錯。

最重要的關鍵。

「這個嘛，我目前還沒有要攜手共度一生的對象。過去當然也交過女朋友，但總是無法開花結果。也有過因為不想給對方造成困擾，由我主動提出分手的經驗……」

固然不是可以敞開心胸來聊的話題，但是考慮到主題，倒也不是不能回答的問題，所以我這麼回答。

「……因此，我目前還無法思考成家的事，至少得等生活再穩定一點才行。」

「……」

聽了我的回答，圍井小姐看似陷入沉思——聽在她耳裡，這也是漂亮話吧。事實上，我也才二十五歲，是真的還無法思考到家庭或結婚這種事。

「這樣啊。我明白了。隱館先生，今天很謝謝您。我一定會寫成一篇好報導的。」

圍井小姐有些制式地說到這裡，按停兩台錄音筆——結束了採訪。

雖説只是回答問題，總之任務完成了，我感覺工作告一段落，然而在停止錄音、收起筆電後，圍井小姐和我之間的互動卻並未結束。

採訪已經結束了，但其實故事接下來才要開始。

故事——不對，該説是商量才對。

「隱館先生，請問你接下來有空嗎？方便的話，我想請你吃頓飯，做為今天的謝禮……」

3

「原來如此原來如此，所以您就很聽話地跟去了，還讓跟你同一個年齡層的女性買單……真是太耐人尋味的故事了，還務必繼續説完。」

今日子小姐催我把話説下去。感覺誤會非但沒有解開，反而還愈説愈陷入泥淖。

沒想到在面對今日子小姐時，也會感受到「一旦被人懷疑就萬事休矣」

這種令人傷透腦筋的冤罪本質——不過，這情況倒也不能完全說是被冤枉。

無論對我的言行有什麼感想，畢竟是已經答應下來的工作，今日子小姐身為專業的偵探，宛如咒語般地小聲念起「都是為了錢，都是為了錢，都是為了我最愛的錢」，接著（明明沒睡著，卻彷彿已經忘了剛剛那番「幫助有困難的人是我的生存價值」的前言般）說道。

「也就是說，那位記者——圍井都市子小姐在用餐時，向隱館先生請教『交往過的男性全都破滅了』的問題。」

「是的，就是這麼回事……請容我再補充一下，今日子小姐也在那天演講時，也被她問到同樣的問題。」

所以我才會選擇今日子小姐做為這次要委託的偵探——明知不該委託像她這種出現在推理小說裡也不奇怪的「名偵探」進行身家調查（所謂「現實中的偵探能接到的委託，頂多只有身家調查或尋找走失的寵物」，反過來說，就是這種案子不該拜託名偵探），但最後我還是前來委託忘卻偵探，則是因為知道她也被問到同一個問題，期待或許能彼此分享一下那種不對勁。

但是仔細想想，這種期待就算落空也只是剛好。

這是因為——

「你說我去演講，但我實在不覺得自己會做那種事哪……算了，也許有什麼無法推辭的原因吧。」

——就是這麼回事。

「我講得還行嗎？」

「非常好，大家都聽得入迷了，我也是。」

「隱館先生和圍井都市子小姐是在那場演講會上認識的嗎——真是奇妙的緣分呢！如果是我促成的，我感到非常抱歉。」

為何要感到抱歉？

嚴格說來，我與圍井小姐當時並未「認識」——只是由於座位的相對位置關係（還是自由座）使得我看到圍井小姐的背影，她甚至沒看見我。

我只能靠著令人印象深刻的黑髮與提問的內容，勉強認定這兩名女性應是同一人——而且說老實話，直到現在，我都還沒向本人確認過。

我只是在心裡認定她們是同一個人，根本問不出口——已經錯失提起這件事的時機。

所以圍井小姐當然不知道我找上置手紙偵探事務所的事，來到這裡——是我的專斷獨行。

絕不是圍井小姐拜託我來的。

絕不是。

「嗯哼……如果這是推理小說，通常會出現那個發問者其實不是圍井小姐的結局，但既然隱館先生說得這麼篤定，那就以同一個人為前提吧——不過以亮麗的黑髮為認定的關鍵，該怎麼說呢……有點戀物癖的感覺。」

要這麼說來也沒錯，而且之所以對黑髮記憶深刻，乃是源自與今日子小姐的白髮形成的強烈對比，所以這下被說成是戀物癖，更是不能輕易反駁。

再繼續惹她不高興還得了。

事實上，我已經開始後悔是不是選錯對象了。

「關於那場演講，畢竟是我『那一天』的工作，所以我也不打算再追問細節——這是忘卻偵探的規矩。不過只有一點想請教您——可以請您正確地告訴我，圍井小姐究竟問了我什麼樣的問題嗎？雖說同樣都是與戀愛有關的問題，但是問我的問題——和問隱館先生的問題不可能一字不差吧？」

的確不太一樣。

圍井小姐問我的問題是「現在有女朋友嗎？」而她問今日子小姐的，則是「每次遺忘以後，都會再愛上同一個人嗎？」

只截取提問，語意聽來就完全不一樣。

「對於這問題，今日子小姐則用『天下的男人都是一樣的』做回答。」

「哎呀，我竟然會開這麼風趣的玩笑？」

她咯咯地笑。

感覺她終於打從心底笑出來了。

自己被自己逗笑是想怎樣——況且這與其說是風趣，不如說是有點日中無人的玩笑——再說，就連到底是不是開玩笑也很難講。

還滿有真實感的。

「順便再問一下，圍井都市子小姐是否接受這樣的回答？」

「我也不曉得。因為是背影，所以我也說不準……」

她是說了「謝謝」才坐下，但圍井小姐當時究竟是什麼表情呢。

今日子小姐的回答的確為演講畫下了完美的句點，但我不確定那是不是圍井小姐想要的答案。

「嗯哼。萬一沒幫上她的忙，我還真是無地自容。」

「或許畢竟是在演講這種公開場合，圍井小姐也不得不說得很隱晦……因為從『因為男人而常遭遇同樣的失敗』這種說法聽來，一般人不會聯想到『交往過的男性全都遭逢破滅厄運』這層意思。」

一般會認為是更普通的……或該說一定只會聯想到更通俗的，像是被男人背叛之類的「失敗」。無論是誰，凡是在那個會場上的所有人，一定都是這麼想的。

歷史可以歸納出類型，人類總是一再重複同樣的事——那是今日子小姐當天演講的主軸。圍井小姐說她「愛上的男人總是同一個樣，也因此常常遭遇同樣的失敗」——只是她口中的「失敗」，絕非意味著圍井小姐在選擇男朋友上的「失敗」。

「破滅這種用詞還真是刺激呢。」

今日子小姐輕輕說出這樣的感想，然後微側螓首。

「就當她會問我這種問題，是因為與演講主題很契合吧——那麼圍井都市子小姐又是為什麼找上隱館先生商量這件事呢？」

這點我倒是已經和本人問個清楚了。

雖說要由我來說明原由實在很難啟齒，但是都來到了偵探事務所的會客室，也不能再三緘其口。

打從我委託今日子小姐的那一刻起，這段日子的收支就已經不是能用紅字啥的來解釋了（雖然沒有借貸偵探那麼貴，但置手紙偵探事務所的收費也不便宜，使得接受採訪收下的酬勞就地蒸發），必須盡可能事無巨細地交代清楚——盡可能。

「該怎麼說呢，也就是……她好像認為歷經無數次破滅的狀況仍絕處逢生的我，是最適合的諮詢對象。」

「在採訪完你後這麼認為？」

「沒錯，透過採訪……她說她起初並沒有打算提起這件事……」

畢竟是他人心中所想，無從確認是否屬實。

從總論切入，接著（在顧及他人隱私的情況下）延伸說明「過去被人冤枉的實際案例」接續個別論述的這場訪談，似乎使圍井小姐產生共鳴——忍不住將我的遭遇，投射在自己的前半生。

不對，並不是投射在自己的前半生，正確的說，是投射在以前親密交往過的男士們身上。

「嗯嗯，這麼聽來，圍井都市子小姐似乎是透過採訪，對不斷重複著破滅的隱館先生產生了某種移情作用呢。」

「呃，且慢，我可沒有破滅喔。如你所見，還好好的。」

「哎呀，抱歉。我不小心把眼前所見給說出來了。」

怎麼搞的，今日子小姐今天渾身帶刺。笑盈盈地渾身帶刺。

就連面對罪犯也不會表現出這麼尖銳的態度——只可惜我的通訊錄裡沒有專門解開這種誤會的偵探——是不是應該要開發一下啊。

「總而言之，圍井小姐很煩惱——煩惱自己愛上的男人全都落得悲劇下場——而且不只是傷心，甚至懷疑起是不是自己害的。」

「自己害的？」

「像是『我是不是遭到詛咒了』或『難不成我是掃把星』之類——不過從她的敘述聽來，也難怪她會這樣鑽牛角尖……呃，該說是鑽牛角尖嗎，或許說是想不開呢……」

不是一次或兩次。

甚至不是有二必有三。

是總共**六次**。

重複了這麼多次，會想從現象之中找出某種必然性，也是人之常情——就像把我三番兩次被人冤枉歸納成是「本人也有問題不是嗎」的那種思維。

「……可是，姑且不論隱館先生是怎樣，照正常的思考邏輯，應該沒有『圍井都市子小姐是掃把星』這種可能性吧？」

先姑且不論為什麼要強調姑且不論我怎樣，但今日子小姐說得沒錯，光聽圍井小姐敍述這接連發生的現象確實很離奇，可是要把原因全都歸咎到她身上，還是太牽強了。

因為種種『破滅』都不是發生在她自己身上——相反地，硬要把責任攬在自己身上，對於與她交往過的男性也太失禮了。

「所以才想請今日子小姐出手調查，希望請你證明圍井小姐過去交往過的六個男人絕不是因為她才『破滅』的。」

「哼哼。原來如此，原來是這種意思的『身家調查』。」

身為偵探的她，應該也並非是對工作大小眼，只不過比起一般的身家調查，果然還是要有點「特別」的要素才能讓名偵探打起精神，今日子小姐稍微表現出一點興趣來了。

「偵探的任務通常是揪出犯人，這次卻要我推理『嫌犯』是無辜的嗎？不是肯定，而是否定——的確是很特別的委託。」

而且還是一口氣得調查六個人的大案子。今日子小姐看了時鐘一眼——現在時間是上午十點三十分。

這個時間對一般人來說，或許只是一天才剛開始沒多久的時段，但是對於忘卻偵探而言，就不是這麼回事了——對於只有今天的今日子小姐而言，「時間很充裕」這樣的概念是不存在的。

在只有一天的期限之中必須「解決」六個案子，怎麼想都太瘋狂了。從這個角度來看，或許我還是選錯人了。

不，儘管如此，她可是最快的偵探。

我相信，今日子小姐一定能讓我覺得委託她是正確的選擇。

「那麼，隱館先生，請具體地告訴我——圍井都市子小姐過去曾與怎樣的男性進行過什麼樣的交往，然後又各自迎向了什麼樣的結局。我想不用我多說，關於隱私的部分，您大可放心。因為無論我聽到什麼，到了明天都會忘得一乾二淨——就連委託人隱館先生您，我也會忘記。」

4

「過去曾和我交往過的男性一共有六個人。」

圍井小姐戰戰兢兢地開始細說從頭。

我們從咖啡廳移動到一間我連名字都沒聽過的高檔餐廳，坐進店裡的包廂——這樣說似乎有點不知好歹，但那麼高級的餐廳，委實不像是剛起步的社會派網路新興媒體能做為交際費報帳的地方。

這麼說來，紺藤先生居中牽線時好像說過，圍井小姐是出身有錢人家的千金大小姐——當時我正處於被信用合作社開除、找不到工作的困境，所以沒有專心聽他講話，真是對不起。

而且到現在也還在找工作……可是即使沒了飯碗，也仍然能來到這麼高級的餐廳吃飯，人生真是不可思議。

雖說感覺幸與不幸的收支完全達不到平衡。

「請容我向你做個確認，圍井小姐。你是說曾與你交往的男士一共有六位，而六位全都那個……『破滅』了？並不是你所交往過的諸位男士之中有六位『破滅』，對吧？」

「是的，你的理解是正確的。」

圍井小姐一臉嚴肅，點了點頭。

被初次見面的女性主動告知她這輩子交過幾個男朋友，總有種不道德的感覺——問人過去曾與怎樣的男性交往過啥的，已經完全是八卦的領域了。

但我們是非常正經的。

採訪雖然已經結束了，但是從某個角度來看，主題仍舊延續。

「現在回想起來，在六個人之中，也有稱不上正式交往，算是孩子氣的憧憬，或說是單方面的仰慕吧——關於這部分，接下來我也會跟隱館先生鉅細靡遺地交代清楚。」

那麼私密的事，真的可以告訴我嗎？（而且還要「鉅細靡遺地交代」）然而事到如今，頭都已經洗下去——俗話說「一不做，二不休」——雖然我的髮型不是最帥氣，也只能硬著頭皮上了。

「只是究竟該從哪裡說起才好呢……由於這就像是要回顧我的前半生，還是按照時間順序吧。第一次發生事情，是我還在上幼稚園的時候。」

「幼稚園？」

這也太久以前。

不過，既然要回顧前半生，倒也沒那麼不自然——每個人都曾經是幼童。初戀發生在幼稚園時代的人也多如過江之鯽，至於是否會將其列入戀愛史，就因人而異了。

我倒沒有心懷不軌地以為可以聽到屬於知性女子的知性愛情故事，但一開頭就來個幼稚園時的初戀，還是感覺有些出乎意料。

或該說是預想落空嗎。

然而，這只是我個人——完全是我個人一相情願的誤會。

「那個『大哥哥』發生車禍，身受重傷，住院治療後仍留下後遺症——後來他就搬家了，再也沒見過面。」

稚嫩的初戀以這種方式落幕，未免也太殘酷、太令人傷心了。

這不是幼稚園時應該寫下的回憶。

「當然，當時我還小，並不能完全理解發生什麼事……我父母也不想讓女兒知道，和自己感情那麼好的『大哥哥』出了那樣的事吧。」

「也是……」

除了「也是」，我不知道還能說些什麼。

不知道怎麼回應才正確。

這件事想必在圍井小姐的內心劃下沉痛的傷痕，我想自己也不該隨便說出安慰的話語。

我還在煩惱該如何是好之時，圍井小姐又接著說道。

「第二個人是我的小學同學。當然要說是在交往，其實就是像小朋友扮家家酒那樣……只是小學生彼此間兩小無猜，打打鬧鬧，但是有一天，他從校舍屋頂上跳下來……」

她停了一下，才又說。

「跳下來，死掉了。」

死掉了？

「那、那是……意外嗎？」

「不是，聽說是自殺。當時新聞似乎還鬧得很大——畢竟是小學生的跳樓自殺哪。」

媒體不可能放過的——圍井小姐有些自虐地說。

「雖然沒有留下遺書，但原因據說是班上同學的霸凌。在我不知情的情況下，他一直被同班同學惡整……」

所以在採訪中提到霸凌的問題時，圍井小姐才會有那種反應嗎——不，或許也不能一概而論。

「第三個人是在我念高中時。他是備受矚目、前途無量的足球社學長，卻在比賽的時候傷到慣用腳的韌帶，不得不退出社團……」

「……」

「第四個人是我大學時代的社團伙伴。他原本是個在開學典禮上代表大家致詞的優等生，開始和我交往以後，成績就一落千丈，甚至一再留級，結果只好退學，然後就不知去向了……我很早就與他失去聯絡，戀情也這麼不了了之地結束，聽說他人現在已經不在日本……」

「……」

「第五個人……嗯，大概是我出社會第一年的時候吧。到現在的媒體公司上班之前，我曾在一間家喻戶曉的大型出版社工作——與紺藤先生就是在那時認識的。我跟辦公室的主管談起戀愛，可是我們才剛開始交往沒多久，他就慘遭降職，被流放到從此升遷無望的單位，最後還被迫主動提出辭呈。」

「……」

「第六個人，真的是最近才發生的事……是我從事現在這份工作之後認識的中小企業老闆……應該稱之為青年創業家吧。我們同樣在成立未久的公司上班，所以意氣相投，還考慮到要結婚，但是就在我們交往期間，他公司的業績愈來愈糟，轉眼居然就破產了，經營狀況惡化之快，簡直令人難以置信……看著他含淚要求分手，我沒有辦法拒絕。」

「……」

「就這樣——就是這六個人。」

太慘烈了——可以這麼形容嗎。

單是拆開做為個案來看就已經夠慘烈了，居然一而再、再而三地遭遇如此不幸，聽起來一點真實感也沒有——就算她壓抑情緒，以條列方式一一列舉，也絲毫無法減少帶來的衝擊。

衝擊嚴重侵蝕著我。

宛如癌細胞般慢慢地擴散。

已經不是煩惱該如何是好的程度了。

雖然這種事很難單純地拿來比較，但總覺得比起我自己一再被人冤枉的冤罪體質，這像是更加惡毒的詛咒——因為還出現了死者和下落不明的人，可不是一件小事。

也不能用「男人運不好」這種不痛不癢的結論來一筆帶過。

那天聽今日子小姐演講，我還在想問答時間能以這種輕鬆的問題畫下句點真是太好了——完全沒想到那提問的背後是如此慘烈。

別說不輕鬆，根本是一連串沉痛到令人喘不過氣來的悲劇——當然，如果要比次數，從我被人冤枉的次數來看，六次什麼不過是小數目（大大小小加起來，我有自信高達三位數），但條件不一樣。

發生在心上人身上的悲劇。

以各式各樣的方式迎向「破滅」。

圍井小姐雖稱呼他們為「交往過的男性」，但似乎與交情深淺沒什麼關係——一路聽下來，光是圍井小姐喜歡上對方，或許就已經構成滿足「破滅」的條件。

六個人。

就圍井小姐二十五歲左右的年齡，這人數不算太多，也不算太少，可以說是平均的人數吧？

扣掉幼稚園與小學時代，以及感覺比較像是崇拜的高中足球社學長……稱得上交往過的，就只有大學時的第四位、出社會以後的第五、第六位吧。

對於最近的第六位——甚至已經打算要結婚的青年創業家——放的感情

想必最深吧。不過，對「喜歡」這樣區分等級是否有意義，我也不知道。

「希望不會讓你感到不快……圍井小姐，你說你一旦『喜歡』上對方，『開始交往』就會使對方『破滅』，是只限於戀愛的對象嗎？例如對於朋友，也會有由於『喜歡』而『往來』的情況吧？另外，像是對於其工作態度產生好感的人物，或是喜歡偶像、歌手、運動選手……還有……」

「……我從未往這個方向想過。」

圍井小姐面露思索。

「不過，也暫時想不到這樣的人。我想仍是局限於交往過的男性。」

「嗯……可是幼稚園時期的初戀和之後的戀愛還是有所不同吧？就算勉強把小學時代的『喜歡』算進去……」

「可是，我也和那位『大哥哥』約好要結婚喔。從這個角度來看，『大哥哥』和第六個男朋友是一樣的，沒有任何不同。雖然第六個男朋友的年紀比我小……」

幼稚園時期的婚約和出社會以後的婚約完全不一樣好嗎——可是看她用

那麼真摯的表情說得情詞懇切，我也很難再繼續反駁。

說到底我終究是無法理解所謂女人心——顯然是個不適任的諮詢顧問。

像我這種人，為何會在這種和我格格不入的高級餐廳裡，品嘗美味的餐點呢？

「我明白隱館先生想表達的意思。我也一直告訴自己，不可能有這種事，這一切都只是我自我意識過剩，都是我沒事想太多——我真的很想這麼相信，可是，真的已經到極限了。」

「圍井小姐……」

「我現在好怕再喜歡上誰，好怕再愛上誰。我已經不想再看到自己喜歡的人、自己打從心裡愛上的人遭逢破滅了——一想到自己可能再也不能談一場正常的戀愛，我就真的很想死。」

圍井小姐低下頭，以幾乎快要聽不見的小聲說。

我並不認為她說想死是在演戲——想必圍井小姐是真心地認為，與其眼看心愛的人破滅，不如自己破滅還好一點。

設身處地站在她的立場，我完全可以體會她的心情。

不白之冤不斷降臨在我身上的宿命固然難以承受——但要是不白之冤會降臨在親朋好友身上的宿命，我大概就連一次也受不了。

肯定會想大喊「如果有詛咒，就衝著我來吧」——肯定會很想死。

當然，我說不出「我能體會你的心情」這種設想欠周的安慰——一直覺得自己給別人帶來困擾，而且還是給心愛的人帶來困擾的她，懷抱的究竟是什麼樣的心情，我再怎麼樣去想逼近也只是想像。

這時要是能說出一兩句貼心的台詞，我的人生或許也將截然不同，但是很遺憾的，我沒有安慰女性的本事。

真要說起來，我的人生受到女性安慰的機會還比較多。

為何她要告訴我這種事？像我這種人可以知道這種事嗎？彷彿毫無意義地闖入別人的內心世界——負疚的情緒，陣陣湧上心頭。

「不、不過，提到不能談一場正常的戀愛，我也好不到哪裡去呀。」

承受不了沉默之重，我脫口而出——明知重點根本不在這裡。

「剛才採訪時我也說過，再繼續這樣沒事就被人懷疑下去，實在很難跟任何人展開健全的交往。但我還是活得好好的。」

這不是重點。我活得好好的對圍井小姐並沒有任何幫助——身陷於無可救藥的無力感之時，卻聽到她這麼說。

「是的，我覺得你好了不起。」

圍井小姐抬起低垂的頸項。

「隱館先生好了不起。」

「欸……不，也沒那麼了不起啦。」

突然受到這麼直言不諱的讚美，讓我不知所措——要說是害臊，其實只是一片混亂。

「正因為隱館先生是這樣的人，我才想把這件事告訴你，我想你一定能明白我的心情。」

「我明……」

我明白——這種話我說不出來。

但如果說我不明白——又好像棄她於不顧，我也說不出來。
我不知該怎麼回答才好。
「所以——」
圍井小姐提高音量接著說。
「我有件事想拜託隱館先生。這種事實在不該拜託今天才剛認識的人，可以請你——」

5

「她這麼拜託我——『可以請你調查發生在我身上的詛咒嗎？』」
「她這麼拜託您嗎？」
聽完我陳述回想，今日子小姐點點頭。她拿起咖啡杯，卻發現咖啡杯已經空了。
「隱館先生也要再來一杯嗎？」

「啊……那我就不客氣了。」

「好的。」

今日子小姐走向流理台。由於她是從磨豆子開始泡咖啡，需要一點時間——如果想要追求最快的速度，應該改用即溶咖啡吧——但這似乎是她對咖啡的堅持。

對今日子小姐而言，或許是想藉此小歇一會兒。而對我來說，這也是好事一樁。

因為「圍井小姐拜託我調查詛咒」這件事是騙人的。

忘了是什麼時候，今日子小姐曾對我說過「委託人會說謊」，說得彷彿那就是她的信念般十分篤定。

那天的今日子小姐並沒有說錯——圍井小姐拜託我的並不是這件事。

也沒有拜託我委託偵探調查。

我出現在這裡，完全是我的專斷獨行。

倘若圍井小姐是個會去聽演講的今日子小姐粉絲，想必也不希望我自作主張這麼做——不過若非今日子小姐是「忘卻偵探」，我也不會想要委託她這種事吧。

「我明白了。換句話說，我只要證實這六起不幸事件，都與圍井小姐無關就行了吧？」

今日子小姐手持咖啡壺回到沙發旁，分別給桌上的兩只杯子添了咖啡之後坐下來，重新把我的委託內容做個整理。

「說得更明確一點，是要我確切提出那些男士遭逢的『破滅』並不是因她而起的證明，對吧？」

「是的，這樣就行了。希望你能解開她的心結。我很清楚這做為偵探的業務或做為名偵探的業務都是不尋常的委託，可是……」

「我明白了，我接受。」

不等我把話說完，今日子小姐便答應了。

「我會在六個小時內做出結論，所以請您先回去一趟——現在是上午十一點，可以請您下午五點再過來嗎？」

「六、六小時後……是嗎？」

最快偵探誇口承諾的時間令我瞠目結舌（因為這表示要在六個小時之內解開六個謎團——相當於每個謎團只能分配到一個小時！），同時默默在心裡比了個勝利手勢。

今天感覺談得不太順利，我還以為她會拒絕我的委託。不，即使把她對我的瘋狂誤解先擺到一邊，時間似乎也不夠吧……然而，既然今日子小姐說她辦得到，雖不敢說絕對，但我想她肯定有十足的把握。

「那、那就拜託你了，我會依照約定支付酬勞的。」

「那是當然。請您在六個小時後分文不差地準備好付帳——不過。」

今日子小姐的臉上依舊帶著笑意，用稍微低了幾度的音調說。

「進行調查之後，即使出現隱館先生或圍井都市子小姐不樂意見到的結果，我也會毫不遮掩、一五一十地如實向您報告——關於這一點，還請您務必見諒。」

「呃，不樂意見到的結果是指……」

「也就是——詛咒可能真的存在。那六名男性——的確都是因為圍井都市子小姐才導致『破滅』的。」

6

老實說，我聽不太懂今日子小姐那個忠告是什麼意思——比起來，愚笨如我在最後說的謊居然沒有穿幫，這點讓我感到非常欣慰。

當然，說謊是不好的行為。

而且，若將我說的謊歸類為「委託人的謊言」，也未免是太沒有意義的謊言了——我本來也認為應該要視情況說清楚講明白，但看今天這樣，我實在不想再讓今日子小姐對我產生更大的誤會。

事到如今，我已經很習慣被人懷疑、被人誤會了，但不曉得該怎麼說，我就是不想被今日子小姐懷疑，而且還是那樣誤會我——因此在最後一刻，我決定要隱瞞事實。

至於圍井小姐前天「拜託」我的究竟是什麼，我則無論如何都無法對偵探坦白——一口咬定自己受到詛咒的能幹女記者，居然對我這麼說。

「我有件事想拜託隱館先生。雖然這種事實在不該拜託今天才剛認識的人，可以請你……跟我結婚嗎？」

我覺得，跟你在一起就能夠得到幸福。

我覺得，若不跟你在一起就不會幸福。

第三話

隱館厄介，被恐嚇

1

六個小時這個數字，說長不長，說短不短，端看當時的情況而定。若是用於查明過去發生的六起事件之真相，怎麼想都太短了——但如果只是無所事事地等待，只能說六個小時實在是太長了。

很遺憾地，我與前天無異，依舊處於失業的狀態，所以也沒有任何需要利用這個「空檔」來完成的工作。離開置手紙偵探事務所以後，我自然是無處可去。

當然可以先回家一趟，可是來來回回也很累人。

因此，我決定去附近的圖書館打發時間。在那裡看本推理小說，懷抱期待見識名偵探的活躍——想想這實在是求之不得的狀況。

而且居然敢對等候最快偵探辦案的時間有意見，我也是醉了——畢竟這次的案子與我無關，也不需要華生出場，所以也不能跟著去看（沒錯，就只是「看」一）今日子小姐是如何進行調查。再說，特地帶著我這樣的包袱，也不可能提升調查的速度。所以雖然非我本意，但是在圖書館裡悠閒地看書，或許才算是適材適所。

等待也是工作的一環。雖然我沒有工作。

只不過，該說是果不其然嗎，我一個字也讀不下去——今日子小姐正在工作，而我卻優雅地沉浸在閱讀中——這種狀態與其說是奢侈，更讓我覺得只是一種怠慢。

不，這股罪惡感可能還是來自我對今日子小姐撒了個毫無意義的謊——也或者這不是來自對今日子小姐，而是對圍井小姐產生的罪惡感。

我並未認真回應她那天外飛來一筆，宛如求婚般的「拜託」——不對，那不是宛如，而是如假包換的求婚。

可是我不但沒有認真回應，還當她是喝多了，認為她根本不知道自己在說些什麼，始終採取避重就輕的應對。仔細想想，實在說不上是誠實面對異性的態度。

簡直太沒誠意了。

只是，世上真的有被「實質上只算是剛認識」的女性求婚，還能好好回答的男性嗎？那個階段根本無法回答YES或是NO——連對方是什麼性格都還不清楚。

不，其實是滿清楚的。

已經花了約半天討論過了。

我交代了自己的前半生，她也交代了自己的前半生——不僅如此，圍井小姐還向我透露了那麼驚天動地的過去。

我想她的確喝醉了，也因為吐露出多年來的心結，稱不上是處於正常的精神狀態，但即便如此，也應該不會拿求婚開玩笑。

很難視為只是一時無聊鬧著玩。

她是認真的。一直很認真。

然而，正是因為認真，才不得不說圍井小姐迷失了自我——雖然我也不是不能明白她的心態。

至少我必須去理解。

喜歡上的男性都會遭逢破滅，無一能倖免——她定義自己背負著這般受到詛咒的命運，打從心底害怕再去愛上一個人——可是在此時，如果眼前出現了一個就算破滅也無所謂的人，那她會怎麼想？

如果出現了一個已經好幾次都瀕臨破滅，卻又都能在最後一刻避開破滅的結果，冤罪體質健壯到令人大開眼界的男人——會對他抱持著做為諮詢對象之外的進一步期待，也不足為奇。

即使不把他做為諮詢對象，而把他當成結婚對象，也不足為奇。

當然，她的記者專業無庸置疑，所以想必原先也不是以此為目的來採訪我，只是在聽我侃侃而談自己的倒楣經驗，使得圍井小姐再也按捺不住——最後才會失控，對我提出那種欠缺職業意識的怪問題。

「你現在有女朋友嗎？」

而且在那之後，還以令人瞠目結舌的積極態度約我吃飯——認真歸認真，但是顯然極端缺乏冷靜。

與方寸大亂相去無幾。

就算不是我這種膽小鬼，鐵定也無法誠實回應這樣的求婚——這是求不得的。

啊，因為求不得——所以才求婚嗎。

不過仔細想想，也難怪圍井小姐會那樣失去冷靜——畢竟，她始終認定那六個男人之所以破滅都是自己的責任。

說不定圍井小姐根本不在乎是誰，只要一判斷「就算讓這傢伙破滅也無所謂」，只要一認為眼前的人物衰到宛若隱館厄介，無論是誰都好，都會向對方求婚。

要是這樣就有點遺憾了——但不管如何，面對圍井小姐，我只能選擇「誠實回應」以外的答案。

話雖如此，也不是什麼值得大書特書的奇特答案。

我每次遇到危機時，都會採取的解決方案。

請讓我找偵探來幫忙——雖然我沒有真的把這句話說出口。

2

結果我雖然一直在圖書館裡賴到快要閉館，卻因為無法集中精神，沒能把借閱的推理小說給看完——不止是沒看到解決篇，就連第一起命案都還沒發生。

看再慢也該有個限度。

這下子也根本不知自己到底看了什麼，小說內容完全是個謎。真是太糟糕了。不過，這也無可奈何。總不能為了推理小說把實際案件拋在腦後——但楔子倒是真的很吸引我，所以等我找到工作，領到薪水以後，第一件事就是要買下這本書。我雖然對破案解謎往往無能為力，至少可以搭起圖書館與書店之間的橋梁，為社會做出一點貢獻。

從圖書館回掟上公館的途中，去了銀行一趟，領出委託費用——如果是為了洗刷自己的冤屈也就算了，為了解決別人的事花自己的錢，這麼想來我也滿瘋狂的。

倒也不能說完全是別人的事——倘若我成了「第七個人」，這甚至可說是一種自衛的正當手段。

為了避免「破滅」降臨的前期投資。

當成防患未然，先下手為強——不，如果連我都對圍井小姐的「詛咒」這麼當真，那可真是本末倒置了。

今日子小姐雖然故弄玄虛、語帶威脅，但是以常識來看，什麼讓喜歡過的對象一一破滅的詛咒是不可能存在的。

一定是她想太多了。

從這個角度來看，圍井小姐的懊惱與我的冤罪體質，兩者的性質截然不同——我的冤罪體質是惡性循環，但她的煩惱無疑是偶然下的產物。

理當如此。

她可能會說偶然不可能連續發生六次，但也可以解釋為正因為偶然，才會連續發生六次——今日子小姐經過調查的結果，肯定也會得出與我同樣的結論，說什麼也許真的有詛咒，肯定只是風險管理的一環（或是故意捉弄言行皆可疑的我）。

想是這麼想，但我內心還是懷抱著一抹不安，來到置手紙偵探事務所的會客室，進行今天第二次的面談——當然，走進房門前必須通過的所有安全檢查，又必須從頭來過。

是我多心嗎——感覺第二次比第一次檢查得還要仔細。

「初次見面，我是偵探，掟上今日子。」

「咦？」

「開玩笑的。別擔心，我沒有睡著。」

可以不要開這種會讓人心臟停止的玩笑嗎……我還以為就連委託也得從頭來過了。我與今日子小姐再度隔著桌子對坐在兩邊的沙發上，桌上已經擺滿調查報告——並沒有。

桌上只有咖啡杯，就跟上午一樣。

以「忘卻」為宗旨的置手紙偵探事務所，乃是徹底貫徹著無紙化的基本態度。不管是調查結果還是推理或真相，全都只在今日子小姐滿頭白髮下的腦袋裡。

非常環保。

因此做為委託人，我只能正襟危坐、洗耳恭聽——換句話說，我該做能做的事，與做為粉絲去聽演講時沒兩樣。

花了一個小時才通過安檢，所以現在時刻為下午六點。

「那麼，今日子小姐，請問結論是什麼？」

我劈頭就棄守自己「洗耳恭聽」的本分，提出這樣的問題——今日子小姐或許並沒有要賣關子的意思，但見到她優雅地將咖啡杯湊近嘴邊，使我還是忍不住開了口。居然敢催促最快的偵探，真是不知死活。

「話說回來，你只花六個小時，真的已經有結論了嗎……」

「有的。」

她說有。

今日子小姐堅定地點了點頭。

「正確地說，下午三點時我就已經有結論了。」

「欸……也、也就是說，只花了四個小時？」

果然，最快的偵探就是能快到提前抵達——既然如此，為何不在那時就打電話聯絡我呢？只能痴痴等待的四個小時，總不會比只能痴痴等待的六個小時來得長吧。更何況我的電話號碼，應該也早在委託時和她說過了。

「不，在那之後的兩個小時，我則將時間全用來調查了隱館先生。」

「……」

「嗯，只是為了以防萬一罷了。」

還是轉個念，把「最快的偵探花費兩個小時在我身上」當成是我的榮幸吧——因為這麼一來，與調查六起事件的個別平均花費時間一比較，表示她可是更仔細地、綿密地針對我一個人進行了身家調查。

我有這麼可疑嗎？

算了，誰叫我明明是委託人，卻對今日子小姐說了謊，她這麼做是非常正確的——至少這不能說是全然冤枉我。

如果花上兩個小時從頭到尾徹查我的過去，就能洗清我的嫌疑，對我來說也是求之不得的幸運。

「那麼，因為我還得去托兒所接女兒，所以請容我開始報告了。」

……她的戒心依舊處於滿水位，我的嫌疑一點點都沒洗清。

今日子小姐為何會以偽裝成職業婦女的方式來表達她的戒心呢？真是不可思議到了極點。

「我先從結論開始說起——並沒有任何客觀的事實，足以證明是圍井都市子小姐讓至今與她有過交集的六名男士遭逢『破滅』。」

今日子小姐斬釘截鐵地說道——不容置疑地說道。在我還在心想女兒不女兒之時，搶先來了個切中要害的結論，嚇得我一時還反應不過來，但這是——這是再自然不過的答案。

毫不意外的回答。

並沒有任何客觀的事實。

如此理所當然的結論，令我鬆了一口氣——有如自己的事得到解決般，感到如釋重負。不不，就說了，這也算是我的事。

「話說回來。」

看著我放心的模樣，今日子小姐接著報告。

「六個人當中，只有兩個人可以用『破滅』來形容——雖然問題不在人數多寡，但關於另外四個人，我認為就有些不太適合用『破滅』來形容了。不過這只是我個人的感覺，至於隱館先生和圍井都市子小姐要怎麼想，我就不知道了……」

「只……只有兩個人嗎？」

「是的。」

今日子小姐點頭。

這到底是怎麼回事，尚得聽她細說從頭才說得準，但原本以為因她而「破滅」人數可是高達六人，現在光是能減少到兩個人，感覺就差很多了。當然，今日子小姐說的也沒錯，問題不在人數多寡（並非人數比較少，問題就比較小），但如果今日子小姐一開頭的結論為真，那兩個人的不幸應該也不是圍井小姐的責任。

「請容我依照順序，一一地報告調查的結果——因為我也很開心能這樣向你進行具體的報告。」

今日子小姐補上一句，但她心裡到底是怎麼想的，仍不得而知。

「首先是圍井都市子小姐還是個幼稚園小朋友時，看上的第一位男士——『初戀情人』。」

「好的，麻煩你了。」

「『初戀情人』聽起來真老派——或許這稱呼會比較符合名偵探的偏好吧。畢竟在解謎的場面左一句「大哥哥」、右一句「大哥哥」的，可能感覺會不夠力。

「根據我的調查，在圍井都市子小姐小時候，的確有個住在她家附近，名叫今澤延規，當時小學五年級的男孩子發生過車禍。聽說是由於闖紅燈才發生了意外，導致今澤延規同學受了手腳骨折的重傷。」

看著今日子小姐將「初戀情人」的情報娓娓道來，令我目瞪口呆——不，我明知委託偵探調查就是這麼回事，只是沒想到她能在那麼短的時間內就將我講得那麼不清不楚的事（因為我也是在不清不楚的情況下從圍井小姐那兒聽來的，那也是當然）查得一清二楚。不管是圍井小姐小時候住的地方，還是「初戀情人」的全名。

「只、只花了六個小時……不對，是只花了四個小時，怎能調查得這麼仔細呢？」

「調查的方法乃是商業機密，恕我無可奉告——而且，我想還是別知道比較好。因為用上的絕不只有正當的方法。」

今日子小姐一派輕鬆地這麼說。

的確，光用正攻法，不可能在四個小時內就查出一個人的生平——更何況若只限於「初戀情人」，分配到的時間只有四十分鐘。

「當然，我也同時運用了正攻法。例如動身前往隱館先生看書的圖書館，仔細翻閱檢視了過去的報紙新聞內容。」

就不能跟我打聲招呼嗎。

為何要偷偷觀察我在等候時間裡的行動呢——真希望她別這樣。

「那、那麼，她初戀的『大哥哥』發生車禍、重傷住院都是事實嘍，還有後來搬家也是……」

「沒錯，的確如圍井都市子小姐所說——只不過就她的說法，聽起來好像是因為兒子發生嚴重的車禍才不得已搬家，但是這當中並沒有因果關係。之所以會搬家，是因為今澤延規同學的父親調職——那家人常配合一家之主公務輪調，會住在那裡的期間本來就沒多久。」

是那樣的嗎。

不，這麼說來，圍井小姐也說過，她爸媽並未告訴當時還在讀幼稚園的她「大哥哥」車禍或搬家的確切理由——所以才擅自把點和點連起來思考了吧。搬家的直接原因的確不見得是兒子發生車禍。由於車禍留下後遺症，為了休養才搬家，只不過是一相情願的解釋——

可是，如果真的是那樣，現在又是怎樣？

「雖說有後遺症，似乎也沒那麼嚴重，至少不會對日常生活造成困擾。就我循線追蹤他搬家之後的去向，發現他現在有著正常的工作，也沒有定期就醫需求，過的好得很——呃，需要我仔細地說明『初戀情人』後來跟什麼樣的女性結婚，建立什麼樣的家庭嗎？」

「不，那倒不用了。」

知道這些就夠了。

話說，她查到的也太多。

我再度對今日子小姐的調查能力感到佩服——到底要透過什麼管道，才能調查得這麼仔細呢？

她說不知道比較好，但我還是忍不住好奇。

今日子小姐平常就在協助警方辦案，真想那麼做的話，也不是不能登入警方的資料庫——只是，畢竟她會連自己協助過警方辦案的事都忘記，感覺也不太可能是透過這種手法。

「只要是知道他現在過得很好，那就再好不過了——而既然他已經成家立業，就表示並沒有『破滅』呢。」

「沒錯，我也是這麼判斷的。」

「如此一來，圍井小姐背負的責任或許也可以減輕一點。不過，光是認為心上人是因為自己才發生車禍，也許就已經夠折磨人了……」

「那也不是她的錯。原因出在闖紅燈呀。」

「那不是更沒道理嗎？被闖紅燈的汽車撞……」

「闖紅燈的是今澤延規同學。」

畢竟是小學生嘛——今日子小姐說道。

「當然依據交通規則，駕駛也不是毫無過失，雖然刑期非常短，傳言還進了交通監獄服刑……因此，關於這件事，完全不能怪罪圍井小姐。原因出在沒看紅綠燈就衝到馬路上的『初戀情人』和駕駛的不小心，是很常見的車禍。」

我一句話也說不出。

一切有憑有據、有條有理，完全沒有詛咒或宿命這種怪力亂神插手的餘地——剩下的五個人，今日子小姐也都會像這樣理出頭緒嗎？

雖然答案太過於實際，稍嫌索然無味，但依舊是名偵探的解決篇。

「這樣你可以接受嗎？那麼，接下來是第二起事件。第二位男士，是她小學四年級跳樓自殺的同學——嗯，很遺憾的，因為他已經結束了自己的生命，所以也不能說『破滅』這兩字形容得不對，甚至該說是很貼切。他——軌山鳳來同學在班上遭到霸凌，這個訊息也沒有錯，聽說他的家人到現在仍繼續和學校及相關單位打官司。」

長達十年以上的官司嗎。

光是用聽的就覺得心情好沉重——在接受圍井小姐採訪的過程中，也曾經討論到既然被人冤枉，就應該確實地循法律途徑求償，但是如今又聽到這種沒完沒了、糾纏揪心的案例，就覺得死都不要上法院。

不過，這也不是在瞬間就能給出答案的事。

「因為沒有留下遺書，官司似乎打得比想像中還要辛苦。被控告的校方始終主張沒有霸凌這回事。」

「也是，學校不可能會承認有霸凌吧。」

就算承認有，一般也都會用「無法斷定那是直接的原因」之類的說辭來自圓其說——從十年前到現在，一直是被重複到近乎執拗地步的模式。

「不能說完全沒有霸凌這回事，至於程度嚴重與否，我們身為局外人，也只能靜待司法的判決。」

今日子小姐慎重地說——不過，她說的很對。

冤罪絕不是只發生在個人身上的問題，所以一口咬定「因為學校或相關單位是組織，一定會為了自保而說謊」也同樣不是值得稱許的行為。

「只是，既然圍井都市子小姐本身都說不清楚軌山鳳來遭霸凌，那她也跟我們一樣，都是局外人。或許是無法阻止感情甚篤的同學跳樓自殺的罪惡感，使她搞不清楚心中的自責之念究竟從何而來，但軌山鳳來同學並不是因為和她交往才自殺的。」

原來是這樣。

我也同樣沒搞清楚。

把個別條件切割開來看，的確是如此——不只是圍井小姐，任何人看到身邊的人發生悲劇時，都很容易自行背負起「我應該能做些什麼才是」這種感情上的包袱，但是考慮當時的狀況，其他人又能做些什麼呢？

更何況，當時的圍井小姐還只是個小學生。

這麼說來或許殘忍，即使沒和圍井小姐交往，那孩子還是會親手結束自己的生命吧……

「接下來是第三位男士的故事。第三位男士是她高中時代足球社的學長……再說得明確些，是當圍井都市子小姐一年級時，就讀三年級的學長，薄川帳三同學。聽說他是很受歡迎的前鋒，學校裡甚至有人為他組了粉絲俱樂部，說不定圍井小姐也曾是粉絲俱樂部的一員？之後在比賽時傷到韌帶，不得不退出社團……」

「嗯，她是這麼說的。」

不管是車禍，還是跳樓自殺，如果是這種具備新聞性的情報，的確可以利用報紙調查，然而，光靠「有個高中生在比賽中受傷了」的這種片段，就能查出那個高中生叫什麼名字，實在是太可怕了，莫非是向足球社的學長或粉絲俱樂部的學姊打聽嗎。

雖然不覺得圍井小姐是會加入球員粉絲俱樂部的人，但是，畢竟她也有曾經是個高中女生的時代。

「由於足球是很劇烈的運動，會受傷是理所當然，我認為這與圍井小姐無關——如果要追究讓選手受傷的責任歸屬，一般人會認為是教練要為此負責吧。不過，也不能排除為了取悅前來觀戰的學妹，太過於勉強自己而造成悲劇的可能性，所以不能一概而論。」

青春時代的年輕氣盛。

就算有這種想法也不足為奇。

我的冤罪體質當時已經發作了，所以無緣經歷那樣的青春，但是圍井小姐會自責也不是毫無道理——會認為「是自己的錯」也是情有可原。

畢竟是那麼敏感的青春期。

再加上已經是第三次了，發生在幼稚園和小學的事，大概也都留下了陰影。

「可是啊，隱館先生。就算薄川帳三同學的傷與圍井都市子小姐有某種程度的關聯，也不是什麼大事——就只是那樣而已。因為對第三位男士而言，那根本稱不上是『破滅』。薄川帳三同學的確是因傷退出足球社沒錯，但那時他也已經三年級了，本來沒多久之後就要退出社團。」

「……」

「順便一提，足球社下一場比賽就輸了，於是其他三年級也旋即退出，所以幾乎沒差。再說得具體一點，受傷的韌帶經過手術恢復得很好，他考上大學以後也繼續踢足球，目前似乎隸屬於某個職業足球俱樂部。」

什麼嘛，不僅沒有破滅，根本是一帆風順不是嗎。

還真是應該好好確認這些人的後續發展。

對高中生而言，在社團活動時受傷無疑是個悲劇，但那並不是人生的終點，從長遠的角度來看，絕不是無法挽回的意外，完全可以重新來過。

就算多愁善感的高一女生當時無法完全從受到的打擊裏恢復……如果知道第三個的男朋友目前的現狀，感受也會截然不同。

「至於第四位男士，我認為沒什麼好說的。」

今日子小姐流暢地接著說。

「嶋原通同學——已經是大學生了，要稱『先生』吧。」

「呃，是那個原本是優等生，但是在大學裡和圍井小姐開始交往之後，成績突然一落千丈，一再地留級，最後離開大學，下落不明……的那個他，對吧？那麼，這位是六個人當中可以用『破滅』形容的第二個人嗎？」

「完全不是，他反而是離『破滅』最遠的人。請你想想看，成績優秀的學生會因為和女孩子交往就成績一落千丈，不是很常見的嗎？」

「……」

很常見——的嗎？

不，講得這麼武斷不太好吧。

說得這麼自然也有點問題。

「我還以為隱館先生會比較想知道這種事呢。第一個能夠算得上是圍井小姐『交往過』的人，就是這位嶋原通先生。幼稚園時代與小學時代、高中時代的那幾個人要說是戀愛關係，也太可愛了些。」

雖然隱館先生並不想知道這種事（花了兩個小時調查我，到底是得到什麼樣的結論啊），但果不其然——我倒是也曾經這麼猜想過。

「不能說有直接的因果關係，但兩個人似乎是一頭栽進去地談戀愛……圍井小姐的成績倒是不受影響，可是男方就沒這麼幸運了——不過，世上到處都有大學沒畢業的人。」

「只是退學，的確不能說是『破滅』……後來，呃，嶋原先生就下落不明了不是嗎？聽說不在日本了……」

「沒錯，這個傳言是真的。只是，光聽到『不在日本』，也許會讓人聯想到『亡命天涯』，但嶋原通先生的情況，並不像字面上那樣感覺悲慘，或該說是『年輕人去海外流浪』還比較貼切。」

「……像背包客那樣嗎？」

「正是。離開大學、開始『尋找自我』，似乎是他旅程的起點。」

這麼聽來，愈來愈常見了。非常常見。

而且今日子小姐還這麼說。

「看樣子，嶋原先生好像在非洲大陸找到了『自己』，目前正以像是義工的身分，參加NGO非政府組織活動。想到他在當地幫助了多少人，沒有人會覺得他的人生是破滅的。」

有道理。

只是這麼一來不僅不常見，反而是少之又少，尋找自我的成功範例。雖然今日子小姐在演講上說她沒空「尋找自我」，就算她已經忘記，但現在看到這種故事，又會怎麼想呢。

算了，不同於先前的三個，單就這個案例，若把他人生的轉捩點和圍井小姐的交往畫上等號，倒也不至於太牽強，只是這非但不是必須稱為詛咒的特例，離開日本「尋找自我」的他最後找到的「自我」也實在太偉大了，令人嘆為觀止。

圍井小姐反而是他大展鴻圖的契機吧。

「可是今日子小姐，真虧你能查到海外去。」

換成平庸的偵探，別說是六個小時，就算花上六天，也不見得能調查得這麼仔細。

這麼說來，紺藤先生好像說過他以前派駐國外時，曾經見過長得很像今日子小姐的人……兩者之間有什麼關係嗎？

今日子小姐沒有回應我（大概是「商業機密」吧），而是做出結論。

「對了，第四位男士後來的人生雖不能以常見形容，但也更不能說是不幸。原本大學的環境就不適合他——他與圍井都市子小姐好像就是在討論國家階級問題的社團裡認識的，所以他可能從以前就對海外、義工感興趣。與圍井小姐交往，的確是使他離開大學的原因之一，但他本人對這件事的認知，並不像圍井小姐那麼負面。」

如果是這樣，那可真是令人悲傷的認知差距。

本人其實並不在意，卻成了她的心結。

得知她參加過那麼務實的社團，也不得不承認圍井小姐從當時就非常認真。

而加入校隊前鋒的粉絲俱樂部，或許也是她的其中一面。

「相較之下，第五位男士的狀況則確實用『破滅』來形容也毫不為過。第五位男士……峰田添記先生被迫辭職是事實——現在的生活也確實無法說得上是多采多姿。不過，這傢伙可以說是自作自受……因為在公司裡，除了圍井都市子小姐以外，他還與多位女性有感情上的牽扯，這也是導致他主動辭職的最主要原因。」

「自作自受……是嗎。」

不只是與多位女性在感情上牽扯不清，如果再加上在公司內的行為，還會有濫用職權騷擾的嫌疑。

圍井小姐是他的部下嗎……

如果是這樣，儘管不到「破滅也活該」的地步，至少沒有同情的餘地，光是主動辭職就能了事的話，已經算是運氣不錯了。

「這麼說來，隱館先生也經常換工作呢。」

這句話是什麼意思。

我只是因為待不下去才主動辭職的。

我可是將工作與愛情劃分得很清楚的——啊，我沒有工作，所以也沒什麼好劃分清楚的。

說到待不下去，圍井小姐之所以會離開那家她一開始工作的大型出版社，進入現在的媒體公司，說不定也是因為「待不下去」吧。

這種推測是可以成立的。

這麼一來，她反而是被害人……

可是或許在那個時候，她就已經養成負面思考的習慣了吧？把只能說是報應的「破滅」也當成自己的責任，念念不忘——也或許是圍井小姐至今還不知道，上司與其他女性也發生關係的事實。

「可以進入第六位男士了嗎？」

「啊，可以。」

我不自覺陷入沉思，都查到這裡了，總之還是先搞清楚第六個男朋友——最後一個人的現狀比較好吧。

換了新工作後才認識，記得是中小企業的老闆吧。

青年創業家。

因為還約定了要結婚，應該得視為是她最認真交往的對象才是（雖說她也跟「大哥哥」約好要結婚，這就先不論）。

單就開始交往以後，公司的業績就開始惡化的部分來看，與大學時代的男朋友——第四個男朋友的狀況差不多，只是不同於學生時代，彼此都已經是大人了。

應該不至於是沉溺於愛情裡，就疏忽了公司的營運才對吧……不過，一種米養百種人，也很難輕言斷定絕無可能。真要說來，就連和第五個男朋友交往時，或許兩造的當事人也將其視為「成熟的關係」。

「第六位男士……龜村優久先生的確可以說是遭逢了一時的『破滅』——因為公司倒閉，婚約也泡湯。不過，他現在已經在同一個領域裡成立了新的公司。」

「欸……已、已經東山再起了？」

「是的。真了不起的生命力——我身為偵探事務所的老闆，也打從心底認為必須向他學習。雖然我明天就會忘記了。」

「……」

「與圍井都市子小姐交往時倒閉的公司，也不是龜村優久先生成立的第一家公司……當時沒有餘力結婚固然是事實，但是對他而言，倒也不是再也爬不起來的重創。」

「嗯。」

我不禁感嘆。

年紀比圍井小姐輕，就表示也比我小，但聽來這個男人還真有本事。

雖然剛剛才聽聞他的大名，或許我也應該向這位龜村先生好好學習。

既然如此，不如去他的公司找下一份工作吧——即便不知這麼有本事的男人願不願意僱用我。

「我再確認一下，關於公司倒閉一事，圍井小姐並非主要原因吧？」

「至少就我所能調查到的結果，業績惡化並不是人為因素——是因為主要的合作對象跳票，引發連鎖破產所致，這當然不關圍井都市子小姐的事，甚至也不能說是龜村優久先生的錯——他是老闆，自然責無旁貸，但是公司的債務也在與圍井都市子小姐分手後沒多久就還清了。」

「那個主要合作對象會倒閉，當然也與圍井小姐無關吧？」

為了慎重起見，我又問了一次，得到的答案是「我沒有查得那麼仔細，需要追加調查嗎？」

算了，這的確也太穿鑿附會了。

要是有這麼大的影響力，已經不只是詛咒了吧。

總之，第六位男士非但沒有「破滅」，這一切也不是圍井小姐的錯。並沒有圍井都市子小姐害六位男士遭逢破滅的客觀事實——今日子小姐一開始就報告了這樣的調查結果。接著在聽取詳情之後，更是覺得有道理。所謂的詛咒，全都是圍井小姐鑽牛角尖，或者是會錯意——再說了，既然大多數的人都沒有「破滅」，圍井小姐根本不需要耿耿於懷。

太好了。真的太好了。

因此，雖說這也是必然的結果，但具備鐵錚錚的證據、符合邏輯的理論來證明加持，原來會讓人如此放心。
我再次感嘆今日子小姐的偵探能力。
「那麼，關於第七位男士，隱館先生……」
今日子小姐似乎打算接著說下去。
「啊，不，我不是第七位男士。」
我急著否認。
「哦，是嗎？」
今日子小姐笑嘻嘻地說。
「我還以為隱館先生受到圍井都市子小姐熱烈的求婚呢。」
「……」
糟了。我居然沒說話。
這麼一來，不就等於是默認了她的推理——而且根本是秒回。問題是，她怎麼會推理得到這件事？
「哎呀呀，被我猜中了嗎？我從一開始就知道，你說來找我是『受到圍井都市子小姐所託』一事是在說謊，不過剛才會問這句，其實只是想套你的話。」

套話技巧也太高明了。

也罷，高超的推理能力自不待言，虛張聲勢也是名偵探不可或缺的要素之一——只是，我說的謊為什麼會穿幫？

不過仔細想想，做為委託人我至今說過的謊話，老實說也沒有一次不被今日子小姐拆穿的。

但我還是不解。

分明是在餐廳的包廂裡，也就是密室裡的談話內容——就算再怎麼猜，也不可能猜到吧。

「討厭啦！我不是說過嗎，我把剩下時間都用來調查隱館先生了呀——說什麼『破滅的狀況』也實在太委婉，根本是波瀾萬丈啊，圍井都市子小姐曾交往過的男士們，根本完全比不上隱館先生，沒想到你的人生會這麼高潮迭起，我過去恐怕為你洗刷過無數次的冤屈吧——」

不過呢，可能會牽扯到我已經忘記的過去，所以對隱館先生的調查便到此告一段落——今日子小姐說明真相。

「考慮隱館先生的前半生，就不覺得圍井都市子小姐會只把隱館先生當成諮詢對象，就算破罐子破摔地認為『如果是這個人，說不定能解除我的詛咒』，也是人之常情——至於劈頭就問是否被求婚，則是顧及推理錯誤時需要自圓其說，才故意說得誇張一點，好確保之後可攻可守的空間。」

是這樣的嗎。

破罐子破摔這種用詞固然令人有點不太服氣，但也能接受。

「所以說，隱館先生委託我調查圍井都市子小姐，除了要確認並沒有詛咒這回事——確認縱使和她結婚，自己也不會成為被害人——也打算藉由賣她這個人情，一口氣訂下婚約吧？」

我看起來是這麼邪惡的人嗎？

為何剛才幾乎與瞎猜無異的推理能夠揣摸得那麼正確，卻會在最後關頭錯到這麼離譜呢？

我深刻感受到第一印象的重要性——如今，只希望明天快點來臨。

不過回想起來，過去被人冤枉而來委託她的時候，今日子小姐也都會從查清楚我的底細開始，這是必經的程序，所以如果說這是一如往常的模式，倒也只是一如往常的公式。

可是，還是請容我解釋一下。

「求婚是真的，但我打算拒絕，所以才來委託今日子小姐——這種顯然是基於誤會的求婚，我是不可能接受的。」

「什麼！」

今日子小姐一臉驚愕，用雙手捂住嘴巴。

有必要嚇成那樣嗎？

「真搞不懂你……這根本違反法則。隱館先生，請你仔細地想清楚。對你而言，這種機會再也不會有第二次嘍！」

今日子小姐眼神認真，試圖說服我。我不曉得她利用剩下的時間調查了些什麼，但我不覺得需要被告誡『這種機會再也不會有第二次』——為何我拒絕求婚會違反法則呢？

什麼法則啊。

「難道你認為還有其他機會嗎？明知你的冤罪體質，還願意嫁給你的女人耶？至少我就絕對不願意。」

「今天的今日子小姐」終於懶得再遮掩對我的厭惡感了——明天的太陽啊，快點升起來吧。

要在今天以內解開這個誤會是不可能的。

「如同我的老公——我那寶貝女兒的父親一般，願意打從心底珍惜像我這種忘卻體質的人，是非常難能可貴的存在，圍井都市子小姐對你而言，或許也是極為珍貴的真命天女喔！你怎能放過這個大好機會呢？」

什麼老公父親的，真希望她不要再給那套謊話增添真實感了。

原來說謊得這麼說才行呀——必須具備縱使穿幫，也要堅持到底的強韌精神力。

只是，因為謊話說得太有說服力，最關鍵的勸告反而欠缺說服力……

總而言之，我對她大聲地說。

「不管你怎麼講，我都不打算接受圍井小姐的求婚。」

現在無論說什麼，我的形象都不可能變好了，這點我心裡有數，但在「今天的今日子小姐」面前，還是想盡可能表現得好一點。

「我希望一直以來，情路都走得很坎坷的她，從今以後能得到幸福——所以不想把她捲入自己的冤屈裡。」

3

您說的一點都沒錯呢的確如此真是讓我恍然大悟這確實是身為一個人的理所當然我完完全全明白透澈了如果沒有問題的話還請您速速支付款項——於是我拿出信封袋，連著裡頭剛剛才去領出來的現金，悉數交給今日子小姐。只見她以我在信用合作社上班時都沒看過的俐落動作數著鈔票，仔細確認金額是否有誤——可信度低到這個地步，反而有一股痛快的感覺。

「金額沒錯，謝謝惠顧。我也該去接女兒了，請快點離開吧。」

回顧她花在報告上的時間，實質上只有三十分鐘左右，現在是六點半。這個時間要去托兒所接小孩算是相當晚了，想必是有什麼緣由吧——比方說她根本沒有女兒。

就這樣，我像是被掃地出門般（其實就是被掃地出門吧），離開置手紙偵探事務所——下次再來的時候，或許可以看到建築物外牆的藍色塑膠布拆掉後的造型吧。

不，最好不要有機會再來了。

我回到自己的小窩。

等同沒有任何防盜措施的公寓裡，僅容旋馬的一個房間——想當然耳，也不可能裝設自動鎖或監視器。

門還是可以上鎖，但那是就連沒當過小偷的我也能輕易撬開的鎖，而門鏈也是輕輕一拉就會斷掉的那種。

與掟上公館簡直是天壤之別。

住在這種環境下的我，為何要不斷付錢給住在那種完善環境裡的今日子小姐呢——想想也真是莫名其妙。

當然，我也不是沒有積蓄可以搬去比較寬敞的房間住，只是搬家實在太麻煩了……更何況我還有著不曉得什麼時候就得求助於偵探的體質。

為了以備不時之需，還是得將存款維持在基本水位才行。

只是當這種事一再發生，真的讓我都快搞不清楚自己到底是為了什麼而工作了——我可不是為了被人冤枉而工作，也不是在為了委託偵探而工作。

類型化。

再加上今日子小姐是忘卻偵探，一而再、再而三的「初次見面」，導致那種周而復始的感覺更是強烈——話說今天委託她的雖是非正規的案件，但事後回頭來看，倒是感覺比平時來得順利。

要是平時也能這樣就好了。

不過，要是平時就被她討厭也很傷腦筋。

憑良心說，我不想再經歷第二次了。

正當我想切換心情，起身來準備稍嫌晚的晚飯時，才剛接上充電器的手機響了。

原本以為是來通知我之前面試的結果，拿起手機才發現顯示在液晶螢幕上的名字是「圍井都市子（一步一腳印）」。

對了，圍井小姐在訪談結束時曾說過，她會在這幾天就把內容整理成文章並通知我——因為後來到了高級餐廳，在餐廳裡聽她傾訴、被她求婚，使得我完全忘了正事。

這種傢伙當然會被開除啦。

然而，只花兩天就把長達好幾個小時的訪談內容整理好的事實，也明確顯示出圍井小姐是一位優秀的記者——或者這其實只是暗藏著對於我一直拖著不答覆她求婚的抗議。

不管怎樣，都很傷腦筋。

我現在才驚覺，雖然委託今日子小姐調查，證明圍井小姐並沒有背負什麼詛咒的宿命，但是該怎麼告訴她本人整件事的來龍去脈，我卻連想都沒想過。

或許是我顧慮太多，對於年輕女性而言，未經許可就擅自調查她的身家，肯定不是件愉快的事。就連身為第三者、身為專業人士的今日子小姐，都顯得那麼不爽了——更何況是本人。

不知道她會怎麼想。

而且我還把她在密室裡告訴我的祕密——毫無隱瞞的個人隱私，幾乎是一字不漏地讓「第三者」知道了。

她會怎麼看我。

該怎麼使出渾身解數、該利用什麼權謀術數，才能讓圍井小姐明白我的行為「都是為了你」呢？我煩惱了幾秒鐘，但在接下來的幾秒鐘就放棄了，接起電話。

沒辦法。絲毫沒有解釋的餘地。

眼下是再怎麼死不認錯的兇手，都只能坦白招供的狀況——明明沒有人問起，卻滔滔不斷自白的場面。

坦白說「都是為了你」這種極其偽善的藉口，只有在不求回報的情況下才行得通——在今日子小姐面前打腫臉充胖子（而非「故作鎮靜」），也就算了，要在圍井小姐面前伸張自己的理由，怎麼想都太自私了。

托今日子小姐的福，我心裡打的算盤大致上都達成了，所以這樣就好了——我現在可以做的事，並不是假裝沒聽見電話鈴聲。

我現在可以做的事，以及應該要做的事，是在圍井小姐得知我的多管閒事而大發雷霆，氣沖沖地掛斷電話以前，用最快的速度把調查結果一五一十地講完。

雖然遠不及最快的偵探，但要做個用最快速度認罪的犯人，我也不是無法勝任。

事到如今，乾脆把我在今日子小姐演講的會場裡看到她的背影（說得更確切一點是「看到她的黑髮」）也一併招供算了。因為這可能是我們最後一次對話，我可不想留下遺憾。不管是自己難過，還是讓別人難受，都只要來一次就夠了。

正如同我的預料，圍井小姐一開口便從工作切入，說她已經把關於冤獄專題的報導內容整理好了，明天就會交給我過目，希望我能在下禮拜之前確認並回覆，而我則是把一切都告訴了她——不，正確說是一五一十地全盤托出。

相較於條理分明地說明自己的過去的圍井小姐、詳細解說謎團的今日子小姐，我的供述完全不能放在同一個水平，只是想到什麼說什麼，時間順序也亂七八糟，一相情願企求不戰而勝的「自白」。

只有速度還滿快的。

或許因此讓關鍵內容變得更難以理解也說不定——但為了不讓圍井小姐有任何聽到一半打斷我的機會，我幾乎是連氣都不敢喘地一鼓作氣說到底，宛如一場自顧自的演說。

總而言之，我想表達的是——令她鑽進牛角尖的那六位男士並非因她而「破滅」，而且其中多數人也沒有「破滅」的事實——唯有這兩點，我無論如何都希望她能明白。

我想我表達出這兩點了。

坦白說，其實也帶了點僥倖的心理。

因為我是為了對方才這麼做的——不求對方感激的心情並無任何虛假，但我畢竟是個凡夫俗子，還是存在著一絲期待——萬一剛好被雷打到，圍井小姐向我道謝的可能性。因為從受訪時的印象來看，她是一位冷靜、嚴肅、理性、能夠做出公平的判斷、通情達理的成熟女子。再加上在電話那頭，她也默默聽我快如連珠砲般的長篇大論到最後，不免讓我抱持「說不定她還會向我道謝」的想法。

可是她生氣了。

簡直氣炸了。

明明是誠心為人，基於無私奉獻的精神而採取的舉動，沒想到會因此領教到人對他人發脾氣時，原來可以凶狠到這麼火爆。

即使過去在遭到栽贓冤枉之時，也不曾被人發飆怒罵到這種地步——我本來還很擔心要是把她弄哭了該怎麼辦，結果比較想哭的人卻是我。

不過造成圍井小姐勃然大怒的原因，並不是我擅自對她進行身家調查，也不是我未經她的許可，擅自將她的隱私告訴別人，而且那個「別人」還是今日子小姐等等——不，光是這些，也足以讓圍井小姐火冒三丈。

讓圍井小姐最生氣的，是我「打算以報告結果為由」拒絕她的求婚。

「如果你討厭我，直說不就好了——幹嘛還特地委託偵探，強詞奪理地拒絕。未免也太瞧不起女人了。」

把我說得像是古今中外少見的窮凶極惡人似的。

我並沒有那個意思，不過，這與被今日子小姐誤會時不同，從她這麼想的那一刻開始，我就已經無法擺脫不誠實的罵名了。

我沒有要傷害她的意思。相反地，我由衷地盼望像圍井小姐這樣的人能夠得到幸福。

「我能原諒你擅自跑去委託今日子小姐。雖然是偵探，但畢竟是忘卻偵探。如果可以的話，我也想這麼做——可是，你這麼做，居然是為了拒絕我的求婚！我絕對不會原諒你的。」

圍井小姐的聲音鬼氣逼人。

「隱館先生。隱館厄介先生。請在明天我把採訪的原稿交給你之前，想出一套拒絕我的完美說詞。如果答案不能讓我滿意，到時候，無論使出什麼手段，我都要讓你破滅——將你徹底毀滅。」

4

聽到新聞工作者對我宣告「要讓你破滅」之時，老實說真的無法想像會發生什麼事。

怎麼會這樣。

這麼一來，我真的要變成「第七位男士」了。

我只不過是想告訴圍井小姐「你並沒有讓自己喜歡的人破滅」罷了，為什麼事情會變成這樣……不只是本末倒置，根本完全是反效果。

要說世事不如人意，這也太不如意——我花了錢，還被兩位女性唾棄，到底是招誰惹誰了。

原本心想，畢竟一切都是我擅自行動招致的結果，無論怎麼被唾棄，自己應該都不會在意。但是當事態嚴重至此，為了保護自己，我也必須絞盡腦汁才行。

必須想點辦法來自保。

原來如此，雖然「她沒說就沒注意到」的我已經很糟糕，但是從拒絕求婚的方式本身來看，這大概也是最糟糕的一種。不會有求婚者聽到「基於本項此項和這項理由，甲對乙提出的求婚在前提即有錯誤，所以無效」這樣的簡報而欣然接受拒絕。就算道理說得通，但是像「那只是你的自我意識太強烈，才沒有詛咒這種事」這種說明，也不可能打動她的心。對她而言，反而只感覺屈辱也說不定。

話雖如此，到底怎麼做才是「能讓人滿意的拒絕方法」？「拒絕別人的適切說詞」又是什麼？真有這種拒絕方法或說詞嗎？雖說我沒有要傷害她的意思，但是有辦法在不傷害她的情況下，拒絕那樣的求婚嗎？

比不可能犯罪還要不可能。

既然事情變成這樣，也顧不得醜事不可外揚，還是請紺藤先生居間調解吧……圍井小姐原本就是紺藤先生介紹給我認識的，更何況，如果是身處各種局面下都能受到歡迎的男人中的男人，泰山崩於前也能面不改色的紺藤先生，或許真的知道該如何擺脫這個困境。

只是，我自己丟臉也就算了，讓身為介紹人的紺藤先生也跟著丟臉實在有違我的本意……平常就已經常常受到他的照顧，實在不想再造成他的困擾。不過，也不能因為這樣就找偵探幫忙。況且找來的偵探看到這種狀況，可能也會先罵我一頓。

這種百折千迴的思緒在腦海中瘋狂打轉（也可以說是陷入迴圈），看在旁人眼中，我肯定是個緊緊握著手機，縮成一團抖得有如風中落葉的壯漢。

接到圍井小姐的電話是在晚上八點，之後既沒有做晚飯，也沒洗澡，更沒上床睡覺，回過神來，時針已經又往下走，指著深夜兩點鐘。

等於是發了六個小時的呆。

與等待今日子小姐調查的時間相去無幾——光是等待的六個小時很長，但顫抖度過的六個小時，則只是轉瞬之間。

一想到時間有限，可以的話，真希望現在的時間能過得慢一點。

再這樣下去，天很快就要亮了，與圍井小姐約好去拿原稿的時間——所謂「死線」眼看就要到來了。此刻我深切地感受到給思考設時限，原來會給人這麼大的壓力。最後是手機再度響起，才喚醒我似乎在思考——但其實什麼都沒在想的意識。

凌晨兩點。

我現在的心情比撞見妖怪還要害怕，丑時三刻的概念現在根本算不了什麼，但是再怎麼說，凌晨兩點響起的電話，實在頗不尋常。

我心驚膽戰，害怕又是圍井小姐打電話來催促——結果並不是。

不是催促。

液晶螢幕上顯示著「掟上今日子（忘卻偵探・置手紙偵探事務所）」

——今日子小姐？

「喂……喂？」

「隱館先生，我是偵探，掟上今日子。」

我反射動作地按下通話鍵，耳邊傳來這麼一句自我介紹。

在這句自我介紹裡，並沒有「初次見面」四個字——換句話說，白傍晚一別之後，她的記憶仍尚未重置。

彷彿是要證實我的猜測般，今日子小姐接著說。

「日期雖然已經改變了，還可以算是『今天』吧？」

聲音聽起來怪怪的。

與其說是聲音怪怪，不如說是睡意濃濃吧。

「其實，我現在人在隱館先生的公寓前。」

「咦？今日子小姐，你剛才說什麼？」

「我有件事一定要告訴隱館先生——在我忘記之前。」

第四話

隱館厄介，被愛上

1

提到獨居男性的房間，或許會給人亂七八糟的印象，但我的房間可不是這樣。如前所述，又窄又小，所以打掃起來很容易，但是畢竟房間不夠大，相對容易變得雜亂無章，整理起來絕不是一件輕鬆的事。

我既不是那麼一絲不苟的性格，也沒有潔癖，所以忙著找工作的時候，如果每天都要整理，在時間上其實是相當大的負擔，但至少還是保持著一定的清潔，平時也提醒自己不要買太多東西，因為……

這還用說嗎，我可是不曉得什麼時候就會背上黑鍋的冤罪體質——萬一有人進來我的房間，感覺這裡「果然很可疑」的話，豈不是會更加重外界對我的疑慮。

絕不能住在會讓自己變得更可疑的房間裡。

而多少也是想避免給人鋪張奢侈過太爽的印象（總之不能讓別人有機會懷疑），所以才刻意繼續住在這般平淡無奇的斗室裡也說不定。

話雖如此，沒有任何家具、宛如無菌室的房間又會像在強調屋主心理不正常，所以必須費心擺上適量的日常用品。

倒也不是李下不整冠。

我曾經有一段時間精神狀態十分不穩定，索性把電視台或報社的海報貼得滿牆都是——自以為這麼做，一旦出了什麼事，媒體就不會在報章雜誌公布我房間裡的模樣。

充分展現我對媒體的熱愛，試圖博取好印象。

但是我很快就明白，這樣反而更像是危險人物的房間——當時的我真的實在不知是怎麼搞的，就算這麼做，啟人疑竇時仍舊被人疑。結果愈用心整理，反而更讓人覺得「住在這麼老舊的公寓裡頭，卻生活在有如樣品屋般的房間裡」，認為其中必定有鬼什麼的，怎麼做都動輒得咎。

白費心思白費力。

事實上真的是白費心力——因為我現在就快要被新聞工作者逼向破滅，即將搞到身敗名裂了。

如同我在採訪時所說，不管怎麼做，都無法避免被人冤枉。

關於這次的事情，或許不能一口咬定是被冤枉——不過，即使是白費的心力，有時也可能會以意想不到的方式收得成效。

正因為住在有如樣品屋一般的房間，才能不慌不忙地在凌晨兩點這種意料之外的時間，迎接意想不到的貴客。

不，怎麼可能不慌不忙。

我可做夢也沒想到，忘卻偵探——今日子小姐居然會走進我住的地方。

2

「住在這麼老舊的公寓裡頭，卻生活在有如樣品屋般的房間裡，實在太可疑了。」

今日子小姐脫鞋進屋，看著房裡的擺設裝潢如此說。果然會被這麼看待嗎——實在是太令人喪氣的感想，但是從她毫不打算掩飾心中厭惡的舉動看來，她應該還是「今天的今日子小姐」。

自從白天在事務所裡見面之後，她的記憶一直持續到現在——也持續討厭著我。

那當然，沒什麼好奇怪的。

號稱「每天記憶都會重置」的忘卻偵探，其實嚴格說來，應該是「每次睡著，記憶才會重置」的忘卻偵探——反過來，只要別睡著，今日子小姐就不會失去記憶。

理論上，只要一直熬夜，她的記憶就會一直持續下去——雖說這麼做固然有其極限，但是我也曾經親眼見證過她將近一個禮拜，不眠不休持續活動的模樣。

最後簡直累得全身無力又舉步蹣跚，就算保有記憶，也已經保持不了理智……不曉得這在醫學上要怎麼解釋，但她的體質似乎就是這樣。

因此，雖說時針已過十二點，今日子小姐依然記得與我在掟上公館內——在置手紙偵探事務所的會客室裡的談話。

不過，我感到不解的並不是這一點。

令我坐立不安的是，不管是「昨天的今日子小姐」，還是「今天的今日子小姐」，或者是「明天的今日子小姐」，我都完全想不出她來我家拜訪的理由。

我認識今日子小姐也相當久了（這只是我單方面認為。在她來看，我們永遠都是「初次見面」），然而無論我被捲進什麼樣的案件、遭受到何等質疑問難，從不曾發生她踏進我房間的情況，一次也沒發生過。

這也是因為倘若我遇上必須讓人踏進家門的案件，我傾向於委託同為男性的偵探之故——因此，光是「今日子小姐大駕光臨」這件事本身，就可說是一樁獨立事件。

冷靜下來。

把問題一個一個解決。

今日子小姐怎麼會知道我的地址——這答案很簡單，只要她的記憶沒消失，就沒什麼好奇怪的。委託她調查圍井小姐時，身為委託人，我確實告訴過她自己的聯絡方式——雖然是到了明天就會被忘記的資訊，但是在她睡著以前，都會保存在今日子小姐的腦子裡。

同時也交代了電話號碼——可是拖到最後一刻，才打來令人難以拒絕的電話說要登門拜訪，實在太強人所難。

其次令我感到好奇的是，她是「怎麼來的」？這個時間已經沒有大眾運輸工具了。

話雖如此，避免留下記錄的忘卻偵探基本上不愛搭計程車——或是花點功夫，也攔得到至今還沒裝上行車記錄器的計程車？難不成是走來的……不，可是，今日子小姐整齊擺放在玄關的鞋子雖然不是高跟鞋，但看起來也不像是可以長時間走路的鞋。

「我是搭便車來的。」

被我一問，今日子小姐回答得輕描淡寫——還有這招啊。

該說是還真的招得到啊。

這麼三更半夜的，真虧她招得到車——這或許可做為「人正真好」的逸文軼事，不過在三更半夜搭便車這種事，想想也是相當危險的行為。到底是有什麼天大的理由，促使她不惜冒這麼大的風險也要來我家——不可能是「我把你忘了帶走的東西拿來還你」吧。

並不是忘了帶走的東西。

而是在她忘記之前——她是這麼說的。

「呃……我家沒有可以用來招待客人的咖啡……」

別說是咖啡了，連杯子也沒有。

不是針對今日子小姐，我家基本上是沒辦法招待來客的——只在意別人的觀感，卻毫無實用性。如果能事先通知我還好，對於不速之客，隱館家實在太缺少防備了。

「不用麻煩。」

今日子小姐說完便坐了下來——直接坐在沒有坐墊的地板上。

我家的桌椅，只有設置在牆邊的單人用書桌——原來如此，若非有客人實際來訪，這可真是注意不到的盲點。

想到今後自己仍然可能會背負冤罪，隨時被人指控是嫌犯，進而必須配合警方住宅搜索行動也不奇怪，不如未雨綢繆，先準備好大量給客人用的餐具組吧……等等，既然要準備來客用品，還是應該基於更合乎常識的理由來準備才是。

然而白髮美女光是坐在空無一物的地板上，就已經美得像一幅畫了。如果我是畫家，肯定會毫不猶豫地拿起畫筆吧——但我並不是畫家，實際上只感覺手足無措，無法直視。

說到感覺，感覺也不太對勁。

今日子小姐直接穿著大衣坐在地上——家具少歸少，玄關還是有可以掛外套的地方。就算世上真有進到室內，也堅決不肯在陌生環境脫下外套的人，但重視服裝儀容的今日子小姐應該不會這樣做……還是因為在討厭鬼的房間時例外呢？

不過單薄的大紅色長大衣，當居家服來穿也完全沒問題，所以也不算是沒禮貌……今日子小姐留意到我狐疑的視線，摸摸大衣的下襬說道。

「抱歉。我急忙出門，所以這件大衣底下只穿著睡衣。」

「……」

這已經不是有沒有禮貌的問題了。

什麼？

所以說，今日子小姐只在睡衣上罩了件大衣，就從事務所兼自家趕了過來嗎？

這不就等於是什麼都沒帶就過來了嗎？

說來，我剛才因為完全不敢直視她所以沒注意到，今日子小姐似乎沒化妝——雖然像我這種外行人，無從判斷她是真的素顏，還是化了近似素顏的裸妝……

愈聽愈覺得——她真的是不管三七二十一地趕來我家。

「沒錯。我已經鑽進被窩裡，幾乎快睡著了——可是，就在入睡的前一刻，我想起一件事。」

於是奮力起床——今日子小姐說道。

嗯，想必是相當奮發用力。

就我所知，今日子小姐擁有可以連續熬夜好幾天的體力，其實比外表看來還要強壯得多，但是在鑽進被窩後又得爬起來的的痛苦，理當跟找這種普通人的感覺沒兩樣——不過一般也認為，人類在入睡的前一刻，的確比較容易靈光乍現。

今日子小姐也是在今天一整天的記憶即將重置的那一刻，想到什麼了吧——然後便兩手空空，朝我隱館家狂奔而來。

既然如此，她口中「一定要告訴我的事」，肯定是和圍井小姐的身家調查有關。

發現新的事實——之類的嗎？

可是，她應該已經用最快的速度，進行過周詳到不能再周詳的調查——而且那結果使得我目前陷入絕境。

結婚與破滅同時迫在眉睫，的確是絕境，逼得我快要走上絕路。

「今日子小姐，該不會是有什麼新發現了？」

我自己想破腦袋也沒有用，所以我也坐下，面對今日子小姐直接問——由於她遲遲不肯切入正題，只好由我先開口。

話說回來，今日子小姐始終一臉睡眼惺忪——雖然不至於昏昏欲睡，但反應還是有點慢。看來在關機前一刻重新啟動，會令她的效能降低許多。

「新發現——沒錯，是有新發現。不過，這和圍井都市子小姐的調查報告並無關聯，也並非要補充的內容。」

「咦？」

真令人意外。

我還以為「一件事」一定是關於圍井小姐的事——那麼，到底是關於什麼的新發現呢？

「是關於你的新發現，隱館厄介先生。」

「關於我的？」

我聽得更迷糊了。

調查那六位男士的時候，今日子小姐的確運用剩餘時間把我也調查了一番……慢著，對了，她說她調查到一半就停手了。

忘卻偵探在約略窺見自己過去經手過的案件時，就停手了——這是遵守著置手紙偵探事務所企業管理規章的正當行為，但是換個角度想，那也表示她對我的調查並沒有完成。

只不過，既然都停止調查了，應該不會再出現新的情報吧。

「關於這點，我必須向你道歉。」

今日子小姐坐在原地深深低下一頭白髮。

「我雖然停止調查了，但是阿守先生……呃，我的保鑣卻瞞著我繼續調查——因為他的工作是以保護我為第一優先，所以若要辯稱他只是在執行自己的工作，也不是說不通，但是這行為完全違反了忘卻偵探的規矩。」

「是喔……原來如此。」

原來是這麼回事——原來保鑣是真的存在啊。

「因此，他今天被我開除了。」

今日子小姐抬起頭來說道。

「欸……欸!? 開除!? 有、有這麼嚴重嗎……」

「別擔心。因為我明天就會忘記今天開除他的事——他如果夠有毅力，明天也會一臉若無其事地出現在事務所裡。我對他這種為了保護我而不尊重我意志的態度，還挺有好感的，所以希望他能繼續保護我——先不談這個，根據保鑣補充的報告，我似乎誤會你了。」

「你誤……誤會我了嗎？」

「我還以為你是個腦子有洞的變態，才會委託年紀輕輕的女偵探去調查年紀輕輕的女性，但是看樣子並不是那麼一回事，你不僅是置手紙偵探事務所的『老主顧』，好像還曾經多次從危難中拯救過我——我的保鑣是這麼向我報告的。」

我的確察覺到她對我沒好感，但是狀況竟然嚴重到被她當成變態……這個事實，還是令我大受打擊……不過，那位保鑣似乎也具備了足以與偵探抗衡的調查能力。

不僅如此，還特地向今日子小姐報告——分內的工作都完成了，若發現

「有危險」而提出報告就算了，既然「沒有危險」，根本不需要特地報告。

不但沒有任何好處，甚至可能會被開除（事實上也真的被開除了），卻還是選擇解開她對我的誤會……雖說起因是對我莫須有的懷疑，但他還真是個好人啊。

看來是足以保護今日子小姐的人才。

在根本不該放心的時候，我感到安心。

當然，我也對誤會解開一事感到安心——雖說反正到了明天就會忘記，但如果能在忘記以前就把誤會解開，顯然是比較開心的。

「呃……那麼，今日子小姐，你特地到我家來，就是要為誤會我的事道歉嗎？真是誠懇又實……」

「不，關於保鑣自作主張的行為，身為雇主，必須真摯地向你道歉，但是關於誤會你的事，老實說，我原本不認為有道歉的必要。」

也太直白。

是呀，不管她在心裡再怎麼討厭我，該完成的工作仍然全部確實完成，自然不覺得有必要道歉吧。

嗯？

可是剛才她是說「原本不認為」？原本？

「是的。我雖然覺得自己有點對不起你，但還是鑽進被窩裡，心裡想反正到了明天就會忘記所以沒關係。」

「你想的真美啊。」

「只不過，在聽取被我開除的保鑣報告之後，總覺得有點耿耿於懷——我當然不會因為委託人是個變態就偷工減料，也認為自己已經確實好好完成工作，但對你的厭惡想必還是在無意識下產生影響，使得我感到不安，懷疑自己這回的工作會不會因此有什麼疏漏，是不是有哪裡做得不夠周全，是否沒做到又快又好，只是光有速度沒品質了——一想到這，就不安到夜都深了也睡不著覺。」

今日子小姐睡眼惺忪地說道。

「我把女兒從托兒所接回來以後，晚上十一點就上床了，但一直想著這件事，翻來覆去睡不著——總覺得還是不能就這樣忘記，於是匆忙前來，上門叨擾。」

誤會雖然解開了，但她似乎打算堅稱自己有女兒到最後——執意騙我到最後。堅持至此，我幾乎要以為她真的有女兒了。

想想她就算有女兒，也沒什麼好奇怪的。

算了，可以理解。

簡而言之，就像是售後服務吧。奉行著以一期一會為宗旨，恪守歸零主義的忘卻偵探，她的工作原本是沒有保固期間的，但是因為陰錯陽差的巧合，產生了例外。

脫離既定模式。

「非常感謝你的費心……只是，我認為是你想太多了。今天，今日子小姐的工作成果就跟平常一樣，完美無缺。」

甚至還穿著睡衣趕來真是太過完美了，讓我很過意不去。

拜她太過完美的成果所賜，我現在正陷入腹背受敵的逆境——原因當然與今日子小姐不同，但我今晚也是難以成眠。

倒也不用刻意提起，但是為了證明今日子小姐的工作成果並沒有漏洞，我把六個小時前與圍井小姐的對話一五一十地告訴她。

原本以為她會一笑置之，沒想到今日子小姐當場臉上三條線。

「你在搞什麼啊，居然這麼老實地告訴對方，真是不及格的變態。」

「呃，這……我並不是變態……」

「哎呀。」

今日子小姐掩住嘴角。

「我真糟糕啊。一旦產生誤會，心態就很難調整過來——情緒這種東西總是不聽使喚。」

嗯。的確是，就算頭腦很清楚，有時候也無法控制情緒。是「心情上的問題」。如同我在採訪時的回答，那也是構成冤案的因素之一。即使法官已經判我無罪，社會大眾還是會繼續懷疑——從她走進這個房間，看到宛如樣品屋般的室內便馬上提出質疑一事也可看出，在今日子小姐心中，或許至今仍視我為「可疑人物」。

「可是今日子小姐，我想不管我怎麼說，最後還是會變成這樣……」

「這倒是。當然，我不是不能理解圍井都市子小姐說那句話的意思——但也不能否認她的反應明顯過大了。就算隱館先生是個完全不懂女人心的臭男人，說要讓你破滅，這已經完全是恐嚇了。既然這樣……你跟她結婚不就好了嗎？」

她說了跟白天一樣的話。

好傷人啊。

這時，這句話的意思已經從「不該錯過這個好機會」變成「死心吧？」

——所以才更加傷人。

「……如果是今日子小姐，應該知道該怎麼拒絕，才能讓圍井小姐接受吧？」

既然今日子小姐都自己送上門來了，我便請教她的意見——心想可以藉機諮詢偵探，徵求建議。

這比起委託年紀輕輕的女偵探去調查年紀輕輕的女性要來的正當多了。平常時候，這種情況可能要再另外付錢，但如果是售後服務，或許就能免費得到諮詢建議。

我想在這種微乎其微的可能性上賭一把。

然而，今日子小姐的答案卻是如此。

「我想隱館先生也很清楚，要讓她接受是不可能的——這不是我身為偵探的結論，而是我與圍井都市子小姐同為女性的見解。她故意提出那種不可能實現的小任性，目的只是為了逼迫隱館先生而已。」

不可能實現的小任性嗎……不是那麼可愛的玩意吧。

「她看起來不像是會做出這種事的人……」

「就我的經驗來說，被甩的人可是做出什麼事情都不奇怪呢。」

忘卻偵探今日子小姐口中的「我的經驗」，應該不是她身為偵探的經驗——應該是失去記憶以前的經驗吧。記得是十七歲以前？不，考慮到「獨生女」這種謊話，這個人在演講時的發言根本一點可信度也沒有。

「只不過——即使再加上像這種『心情上的問題』，她的反應還是有點不太對勁，反應太大了……」

今日子小姐說到這裡，閉上雙眼，表情像是在思考——時間已經晚了，難免擔心她該不會就這樣睡著。

不過，疑義似乎戰勝過睡意。

「即使『說不定能得到她的感激』這種想法是隱館先生之流……是男性特有的自我感覺良好……至少圍井小姐確實擺脫了長年束縛她的詛咒。」

「就是說啊……」

我決定當作沒聽見「男性特有的自我感覺良好」那段。

「會不會反倒是圍井小姐並不想擺脫束縛呢？」

「哦？你的意思是說，圍井都市子小姐自我陶醉在『受到詛咒的自己』——讓喜歡上的對象一一破滅的悲劇女主角——這樣的形象之中嗎？」

「我可沒有這麼說。」

不。

但也不是完全沒有這個可能性——自我陶醉在「不幸的自己」、「可憐的我」並不是甚麼罕見的情緒。

「還有一個不太對勁的地方……隱館先生，為了慎重起見，請容我再確認一遍。『我能原諒你擅自跑去委託今日子小姐。如果可以的話，我也想這麼做』——圍井都市子小姐是這麼說的吧？」

「嗯，是的。我不是一字一句都記得清楚，但她的確非常生氣地講了類似這樣的話……因此，『調查她』這件事情本身，或許不是最讓她生氣的癥結所在。」

「這正是男性特有的自我感覺良好呢。」

再重複這句話下去，我要當作沒聽見也是有極限。

「不過，既然本人都說可以原諒了，我們就先跳過這個部分——而身為其中被指名道姓的偵探，我比較在意的是『如果可以的話，我也想這麼做』這一點。」

「……這句話有什麼問題嗎？圍井小姐是積極到會去聽今日子小姐演

講的忠實粉絲，所以就算曾想過要請忘卻偵探調查自己受到的詛咒，也是很自然的事。」

實際上，她還舉手發問了。

雖然結果被今日子小姐顧左右而言他，巧妙迴避了那個問題。

「畢竟在那種公開場合，拐彎抹角地發問，是不可能得到自己想要的答案的——但如果提出正式的委託，我就能把今天告訴隱館先生的調查結果向她報告。明知道該怎麼做——她卻沒有這麼做。」

「……」

「『如果可以的話，我也想這麼做』。那麼，為什麼不行呢？」

有什麼想委託也不能委託的原因？

是金錢上的原因嗎？

不，倘若是借貸偵探夢藤先生也就罷了，忘卻偵探今日子小姐——當然也不便宜——但是她收取的費用也絕非貴到可望而不可及。再說，既然關係到自己，或者是心上人的人生，就更不會是負擔不起的金額。

況且能和我在那麼高級的餐廳裡用餐。

在第六個男朋友——約定終身的對象出現時，就算事先委託今日子小姐——或者是其他偵探來調查釐清對自己的疑慮，也完全沒什麼好奇怪的。

然而，她卻沒這麼做。

不僅如此，還向我求婚。

選擇和我步向婚姻之路。

「沒錯。不管搭載的導航器是怎樣的破銅爛鐵，選擇和你步向婚姻之路的行為都令人費解。難道她心裡存在著自我懲罰的破滅願望嗎？嫁給無可救藥的男人，用為對於以前交往過的男性們的贖罪……」

「……呃，今日子小姐，請容我確認一下，你是來向我道歉的吧？」

「嚴格地說，我並不是來道歉的。我只是擔心自己的調查是不是辜負我收到的酬勞，所以才來確認一下——只可惜目前還是沒能放下心來，總覺得好像遺漏了什麼基本的要件……」

今日子小姐伸了個懶腰。

或許是睡意已達極限，腦筋轉不過來了——換作平常人，可能會勸他最好先睡一覺再說，但忘卻偵探卻不能這樣。

因為這麼一來，就會把整件事情的概要和感覺到的不對勁全部忘光——概要的部分還可以重新輸入，可是不對勁的感覺一旦消失就不妙了。

就算我可以說明概要，但是不對勁的感覺，或該說是直覺，則只有今日子小姐才知道——而且是只有「今天的今日子小姐」才知道。

無論如何都無法留到明天。

「不……這個主意或許還不壞。」

今日子小姐看著我說。

「乾脆先全部忘光一次——既然我對自己的調查沒信心、認為『或許沒有盡善盡美』是起源自對隱館先生的壞印象，那麼把這些壞印象全部忘光，從頭面對這件事，或許也不失為一個好辦法。」

哦，原來如此。

即使誤會冰釋，人還是會受到感情的影響——雖然感情總是無可奈何，但唯有今日子小姐例外，她的感情是有可奈何的。

現在回想起來，很明顯是我委託她辦案的方式有問題，才會讓事情變得這麼複雜——在出發點起步就不順。對於最快的偵探而言，我真是最糟的委託人。

所以乾脆重新來過，讓不對勁和壞印象一起歸零。

這是從正面向「人生沒有重來鍵」這警世名言造反的忘卻偵探才辦得到的獨門絕技——對我而言，如此便能抹去已經深深印在今日子小姐腦海裡，幾乎是無可救藥地對於隱館厄介的厭惡感，實在沒有比這更理想的了。

問題是，重置記憶也不見得就能為事情帶來什麼重要的轉機——從這個角度來看，也算是風險有點高的獨門絕技。

忘了不對勁。忘了壞印象。

這並不是二選一。

是否清除了壞印象，就能同時清除是不是疏忽了什麼的不安，我無從判斷。

如果能達到同樣的結論，倒是無所謂……

「說的也是。這樣的話，就不能光是重置低潮模式——既然要做，不如一口氣將狀態提升到高潮模式。」

「高潮模式？」

「是的。既然如此，乾脆開啟高潮模式……嗯。追根究柢，畢竟是因為我的誤會而起……是呀，沒辦法。只好耍點小手段偷吃步了。來試試在諸多取巧偷吃步的手段之中，那招不怎麼值得稱許的方法吧。」

彷彿像是為了趕跑睡意，今日子小姐用力搖了搖頭，看似下定了決心，告訴我她的計畫。

「隱館先生，可以借我一枝簽字筆嗎？還有，請你脫掉上衣打赤膊。」

3

我想我知道她要借簽字筆的原因，大概是要在「記憶重置」以前，將如今已經不用再說明的備忘錄寫在右手臂吧（左手臂上則照慣例寫著「我是掟上今日子。二十五歲。置手紙偵探事務所所長。記憶每天都會重置」）。我的房間裡雖然沒有給客人用的餐具，但筆的話要多少有多少。

可是，打赤膊？

為何要打赤膊？

截至目前的對話中，是否曾經埋下了一條巧妙的伏線，以至於我非得脫掉上衣打赤膊不可呢？

正想開口問為什麼，卻驚覺情況不容許我反問——因為今日子小姐不等我應聲，就把她從進到屋內一直穿在身上的長大衣給脫了下來。

毫不吝惜地展露她藏在大衣底下，穿著睡衣的模樣。

因為季節的關係，那是件非常不保暖的睡衣，換句話說是非常暴露——今日子小姐平時的穿著，上半身基本上都是長袖。下半身無論是裙子也好，褲子也罷，通常都是下襬比較長的衣物。看來私下的睡衣似乎就不在此限，所以她的睡衣是細肩帶加褲裙。

微透感幾乎可比性感內衣。

唯美得讓人難以相信她臉上還戴著眼鏡，輕裝度讓人只能認為她真是急如星火地趕來——今日子小姐的殺必死鏡頭。

不知道今日子小姐是否連睡衣也不會同樣一套穿兩次。

目睹到這麼珍貴的畫面，我想就算找遍全世界，都找不到能讓我對於露出毫無價值的上半身感到遲疑的理由。

不，如同我不明白為何要我脫掉上衣的理由般，我也完全不明白今日子小姐這時脫掉大衣的理由。

如果是要把備忘錄寫在手臂或腿上，只要把大衣撩起來就行了——啊，是嗎，因為她打算就寢了嗎？

所以她現在才會脫長筒襪嗎？

是說今日子小姐打算睡在這裡嗎？

睡在這個賣力偽裝成平凡的無塵室裡？

「是的，根據改良自隱館先生的計畫之我的計畫，只能在這裡睡了——

因此，等一下請把被子借給我。」
「那、那倒是無所謂。」
無所謂嗎？
這房裡連坐墊都沒有了，怎麼可能會有給客人用的棉被——這麼一來，只能獻上我的棉被。
可是，今日子小姐會願意躺在心底還留著壞印象的討厭鬼被子裡嗎？不對，她之所以要睡覺就是為了去除那個壞印象——對了，在今日子小姐的計畫裡，我要睡在哪裡？
「隨便啊，你就隨便找個地方睡吧。」
看來是毫無計畫。
因為討厭我的記憶還沒有重置，這也是沒辦法的辦法——把打著赤膊的我晾在一邊。
只是，她所謂的「隨便找個地方」，感覺也不是要我去找家附近飯店投宿的意思。

言下之意，似乎是要我在這個無塵室裡「找個地方」。就算能靠著忍耐躺在討厭鬼的被窩裡睡覺，但是要睡在討厭鬼的旁邊，計畫的風險也有點高吧……

也就是說，這是個在她醒來時，我必須要在她身邊的計畫嗎？

「沒錯。大致上是那樣。我承認風險很高，但是對我來說，做到的事不符合自己領到的工作報酬，才更令我痛苦得難以承受。」

「這樣嗎……既然如此，如果你要把感覺到的痛苦換成現金找給我，我也可以接受。」

「要我找錢給你，等於是我靈魂的死。」

說得斬釘截鐵。

說得斬釘截鐵是怎樣。

要你找個錢而已。

我的視線——討厭鬼的抗議視線彷彿不帶任何殺傷力，只見今日子小姐拿起我遞給她的簽字筆，開始行雲流水地在右下臂寫字（今日子小姐不管是用左手還是右手，都能寫出幾乎同樣工整的字）——要把圍井都市子小姐交往過的男人全部寫下來，可是得用上相當多的字數，光是右手臂可能寫不下。畢竟是六人份——六個事件的記錄。

頂多只能寫下兩件吧。

難不成要寫在腳上？反正她現在穿著睡衣，兩腿都露出來了，也不是沒空間可以寫。

「不，我沒打算要把事件詳情寫下來。」

今日子小姐又說得斬釘截鐵。

這次說得斬釘截鐵倒是沒關係——但我不得不詢問她的理由。

為什麼不寫下來？

這樣就真的得從頭開始了。

難道她打算再花六個小時，將所有人再調查一遍嗎？就算不調查我，嚴密估計也要四個小時……

「要怎麼調查，就交給『明天的我』決定吧——因為『今天的我』已經缺乏幹勁，實在靠不住呢。就連身為傳令兵也有問題，所以不該留下無謂的備忘錄。」

這部分則不是毫無計畫，而是毫無靈感。

「只不過，我也不打算完全從零開始。我說過吧？我打算使出不怎麼值得稱許的方法偷吃步。因此，請隱館先生告訴我最基本的事項。」

「咦？可以由我來說明嗎？不光是委託內容，還有今日子小姐今天的調查結果？」

「可以。我想那樣更能提升『明天的我』的幹勁。」

「……？」

搞不懂她葫蘆裡在賣什麼藥。由討厭的我說明，能提升她的幹勁嗎……不，就算到了明天，她已經不討厭我了，那也只是處於能夠客觀接收資訊的中立狀態，要如何藉此提升幹勁？

話說回來，如果不是正在寫下今天的委託內容，今日子小姐現在是在自己的右手臂上寫什麼？

從我這個角度看不見……而且我也沒有勇氣光著上半身，從背後偷看只穿了單薄睡衣的女性。

「好，寫完了。請你檢查一下——字是這樣寫沒錯吧？」

今日子小姐說道，蓋上簽字筆，將右手臂的內側轉向我——手臂上居然寫著我的名字。

「隱館厄介」

字是沒寫錯。

不過，憑良心說，倒也不是完全沒預料到她會這麼做——應該說她不這麼做才傷腦筋。

要是她不把我這個委託人的名字、以及造訪這個房間的前因後果寫在某個地方，等她醒來的時候，一下子突然發現自己置身於陌生的房間，突然有個素未謀面的男人出現在身旁，縱使是今日子小姐，可能也會陷入混亂。

我不敢奢望她會像之前某一次，寫下「值得信賴的人」這種但書，但還是希望至少標註清楚我是委託人一事。

再怎麼睏，今日子小姐也不會有這種疏忽吧——我正要卸下心中的杞憂大石，才發現不只是這樣而已。

不只是什麼「值得信賴的人」而已。

今日子小姐在我的名字——寫在右手臂上的「隱館厄介」周圍畫了兩個圈重重圈起——彷彿那是一個非常重要的名字。

不僅如此，她還繼續不停地寫上「絕對不想忘記的名字！」「就算忘了自己的名字，也要記得他！」「世界上最最重要的人名！」「可以全心全意地信賴，把一切託付給這個人！」等等等等的文字，圍繞著我的名字。

備忘錄裡根本不該出現的驚嘆號到處飛舞，真不知該說什麼才好。

沒錯，這個——就是那個。

就像在女主角失憶的愛情電影裡，不想忘記愛人或未婚夫，或是不想忘記丈夫的女主角，拚命想要維繫殘破的記憶，淚流滿面，一字字寫下的那種痛斷肝腸的訊息。

然而，我當然不是今日子小姐的愛人也不是未婚夫，更不是她的丈夫

——不是她寄放在托兒所的獨生女最愛的父親。

像隱館厄介這種到處都有的名字（自虐），不可能成為今日子小姐就算忘了自己的名字也要記住的名字，更不可能是她世界上最最重要的人名——什麼跟什麼呀——是我當下的感想。

至於「可以全心全意地信賴，把一切託付給這個人」……我也稱不上是「值得信賴的人」。

或許她從那位好人保鏢先生口中多少聽到了一些前塵往事，但是要寄予如此信賴，連我自己都難以相信。

把一切都託付給我，我怎麼承擔得起。

這是什麼備忘錄啊——謊話連篇，就連看的人都覺得不好意思了。而且還不是普通的謊話，扯這種漫天大謊，可是會讓人再也不敢相信這個人。

「沒錯，這是謊話連篇的備忘錄——可是對於『明天的我』而言，這將是無法撼動的真實。」

「……」

「換言之，『今天的我』對隱館先生沒好感，也對自己在低潮模式下進行調查的結果感到後悔，所以我想讓『明天的我』對隱館先生產生好感，開啟超高潮模式，充滿幹勁來展開調查。」

幹勁。

真是莫名其妙——不，其實很簡單。

根本是太簡單了。簡單得不得了。

不管是誰，比起為討厭的傢伙做事，為喜歡的人工作時的效率肯定會比較高。

所謂「社會人」，並不是出社會進公司上班就能稱之為「社會人」，而是指「擁有社會性的人」——維繫人際關係，具備溝通能力、人脈，才是最重要的。

換句話說，「都是為了你」這句話不見得是偽善的意思——話雖如此，這個方法還是……

「沒錯。所以才說是偷吃步嘛——請你好好配合『明天的我』吧。因為你可是我看得比自己還重要，全心全意信賴的人。」

大膽省略建立起信賴關係的程序（這裡請容我用「程序」來形容），將自己的情感當作遊戲參數一樣自由自在地操控，說是開外掛也不為過。

不只是要把因為誤會而對我產生的壞印象重置歸零，還要硬生生地置換成虛偽的好感……

這個計畫已經超越了狡猾，根本是卑鄙下流的等級了。就連莫里亞蒂教授也不會做出這麼卑劣的行為——這才是令人髮指的有害行為。

然而，今日子小姐臉上沒有半點羞愧。

「我想，『明天的我』應該會為了你全力以赴地解決問題吧——那麼，最後的修飾。」

她再次拿起筆。

這時，她像是想起什麼似的，放下我借她的筆，伸手在方才脫下來的大衣口袋裡摸了半天。

「用這個比較像回事。」

今日子小姐拿出一個小巧的包包。看樣子是用來裝化妝品的包包——就算她是素著一張臉跑出來的，畢竟是來拜訪委託人，看來還是沒有忘記帶著化妝品出門。即便是今日子小姐，也無法在搭上的便車裡化妝吧。不過她說是最後的修飾，難不成是要化妝？可是接下來就要睡了，有必要化妝嗎……一般是反過來吧？

「讓你久等了。」

今日子小姐從化妝包裡掏出一根口紅——淡粉紅色的口紅。粉紅色裡應該也有更細、更正確的分類，只是在手裡沒有色表的我眼中，粉紅色就只是粉紅色。

「你要……擦口紅嗎？現在？」

「隱館先生，你聽過〈口紅的傳言〉嗎？」（註：日本女歌手松任谷由實於一九七五年發行的單曲）

無視完全揣摩不到她的意圖，只在一旁倉皇無措的我，不諳當今流行歌曲的今日子小姐，忽而提及了歷久彌新的名曲——〈口紅的傳言〉。

「能寫在右手臂上的字數畢竟有限，光是那樣可能還欠缺說服力。」

今日子小姐將口紅轉出來，拿在右手，四肢著地爬到裸露上半身的我面前——然後將口紅的尖端抵著我的胸膛。

「我想在『明天的自己』會全心全意寄予信賴的這塊巨大布告欄上，用長篇大論寫下愛的訊息——謊話連篇的備忘錄，不，該說是捏上今日子的結婚登記申請書吧。」

4

「這個人是隱館厄介先生。厄介先生！我的天菜！相遇之前我就已經對他一見鍾情，是我最棒最溫柔最理想的王子。喜歡你喜歡你喜歡你喜歡你！光是能與你對上眼就覺得幸福無比，時時刻刻都想把你抱緊緊。我不能沒有厄介先生！絕不想被厄介先生討厭！請你千萬不要討厭我！要是被厄介先生討厭的話，我就活不下去了。要是被厄介先生拋棄的話，我的人生就完蛋了。

只要是爲了厄介先生，什麼事我都願意做，什麼話我都願意聽。我想爲你付出一切，我會爲你付出一切。打從心裡愛著你，愛你愛到骨子裡。我的夢想，就是嫁給厄介先生！

XOXO 掟上今日子●」

●處是唇印。

第五話

隱館厄介，拒絕了

1

忘卻偵探費盡苦心地寫下的這篇蠢到爆炸的文章，把我的胸膛染成粉紅色（不只是做為布告欄使用的胸膛，我羞得全身都像隻煮熟的章魚似地染成粉紅色）之後又過了大約十八個小時，也就是「第二天」的晚上九點，我抵達與身為新聞工作者的媒體記者，同時也是能幹的採訪者圍井都市子小姐相約見面的地點——考量到接下來要進行的交涉內容，與其說是相約見面的地點，不如說是決鬥的戰場還比較有真實性也說不定。

真實——好沉重的兩個字。

地點是造成這一切的起點，也就是被她求婚的那家高級餐廳的包廂——從她已經事先訂位，還指定與當時同一家餐廳時，顯然戰爭就已經開始了。就連包廂的位置也跟之前一樣，這種模擬情境的技術……該怎麼說呢，感覺圍井小姐把自己身為記者的能力發揮到淋漓盡致，面對這樣的她無法不感到一陣非關鬥志的戰慄。

有人說提早抵達相約見面的地點比較有禮貌，也有人說晚一點到才是禮貌，我認為兩種說法都有點道理，但這次情況特殊，在心情上，我想早一點到現場等圍井小姐，但圍井小姐已經在包廂裡埋伏著我了——四平八穩、雷打不動地坐在位置上，若說她從六個小時前就已經坐在餐廳裡，我也會毫不遲疑地相信。

而且她不只是宛如戴著扼殺了所有情緒的鐵面具般，面無表情地迎接我的到來，上次擺滿了各式各樣美味餐點的桌上，這次則擺滿了各式各樣的錄音筆。

採訪時只有兩台錄音筆，這次連同已經準備好錄音的智慧型手機在內，一共有五台。聽說在商場上，為了避免事後發生牽扯不清的麻煩，習慣把交涉的內容明確地記錄下來，但是看這堅強陣容，感覺是要將我接下來闡述的一切記錄做為呈堂證供，透過錄音在今後視狀況拿來繼續找碴牽扯不清。

看到這種情況，連從事聲音工作的配音員也會一句話都不想說吧，如果可以，我真想立刻轉身，拔腿就跑，但是今天的狀況不容許我這麼做——

只能靜靜地走到圍井小姐的正對面坐下，彷彿死刑犯坐上電椅。
不過，從昨晚八點接到破滅宣告的那一刻開始，已經過了整整一天，我這個死刑犯終於也找到用以苟延殘喘下去的逆轉條件。
「歡迎光臨。你有此覺悟，實在值得誇獎——但這也是我最後一次稱讚隱館先生了。」
我原本還抱著淡淡的期待，說不定會出現什麼陰錯陽差能讓圍井小姐的心情變好，但是從這句開場白聽來，想也知道沒可能。
不知道是為了配合髮色，還是為了配合現在的心情，她穿著一身黑——宛如喪服的服裝——現身，或者那可能就是喪服吧。不過算了，至少比穿著婚紗現身好多了。
我試著為自己打氣。
「請問……」
「先處理公事吧。這是訪談的原稿，請在下週前回覆。」
我下定決心正要發言，卻被圍井小姐三兩下帶開話題——她那俐落的工作態度，如今像是只為了用來找我麻煩而存在。

不過，這也是極為正確的順序——畢竟進入正題以後，無論事情往哪個方向發展，話題可能都無法再拉回工作上。

總有一方，或者是兩方都無法毫髮無損地全身而退。

我稍微檢查一下她交給我的信封裡的稿件，訪談內容被整理得非常好讀，幾乎難以相信說話的人是我——是文章架構很巧妙嗎，明明是自己說的話，卻還是被吸引住了。不僅如此，連我受訪時心想「希望這裡能被用上！」的地方也都確實用上了——嚇了我一跳。

與她的關係糟成這樣，我也不免擔心她會不會在訪問的原稿中寫些亂七八糟的事——當然，原稿應該是在我們的關係變糟以前寫好的，但是她有一整天的時間可以重寫。

這是身為新聞工作者的矜持吧，身為專業人士，不能做出這種不識羞恥之事。

想當然耳，視我接下來的說明，她或許也會同樣拿出新聞記者的本事，毫不留情地讓我身敗名裂……

稍後，我們事務性地討論完報導什麼時候要刊登這種事務性的事務，然後就在點好的餐點大致都上齊時，她這麼說。

「那麼，請開始吧。隱館先生，你要以什麼方式、什麼理由拒絕我的求婚呢？」

看來她是打算把整場的主導權握在自己手中——只不過，我也不能只是傻傻地對圍井小姐的指示百依百順，要我解釋就開始解釋。

狀況丕變。

託白髮偵探的福，狀況有了一百八十度的轉變——而且這轉一百八十度的逆轉劇已經演完了。

……但是，嚴格說來，並不是沒有選擇餘地。

不是我，而是圍井小姐，她還可以選擇。

又笨又不誠實的我，已經喪失選擇倉皇失措逃離現場的時機——但是，圍井小姐還有選擇的餘地。

還可以選擇不參加解決篇就掉頭離去——這是在推理小說裡絕不該有的行為，但現在的她還有機會選擇。

我如果不警告她就開始解釋，未免也太不公平了。

「圍井小姐，現在還來得及。」

「來得及？」

「你肯定我的覺悟——但是，你自己也已經有所覺悟了嗎？」

我對她說——面對面地說。

溯流從源，昨晚在電話裡和她提這件事的我才是千不該萬不該——雖然她那通猝不及防，彷彿算準時間打來的電話殺得我措手不及，但是如果像這樣面對面地交談，後來的展開或許就會多少有些不同了。

從這個角度來看，我的所作所為已經後悔莫及，但是圍井小姐的話，還來得及——

「這本來不是對於信仰『知的權利』的你該說的話，但你有『不知道也沒關係』的權利。」

「……」

「你把我逼到進退兩難的絕境，就連我這種膽小鬼，為了自保也不得不反擊……沒有人在面臨破滅的威脅下，還能唯唯諾諾地忍氣吞聲。你已經有所覺悟了嗎？做好接受反擊，自己也跟著破滅的心理準備了嗎？」

「……你是在威脅我嗎？」

我不得要領的說法只得到圍井小姐不愉快的回應。可是我不為所懼地告訴她。

「是你在威脅我──所以事情才會變成這樣。」

「笑死人了。隱館先生，我可是一直都覺得，如果破滅的是自己該有多好呢──我一直都在盼望，與其眼睜睜地看著自己愛上的人破滅，不如自己破滅算了。」

圍井小姐眼神銳利，狠狠地瞪著我。

「要是隱館先生帶了能引導我迎向破滅的話語前來，還請不要客氣，就讓我破滅吧！否則就換我讓你破滅了──讓你與過去的六個人一樣，身敗名裂。」

「……」

那六個人有大半其實都沒有破滅，這件事已經在昨晚說明完畢了，但她似乎一個字也沒聽進去——她至今仍未擺脫詛咒的束縛。

而且圍井小姐不只是選擇繼續讓詛咒束縛，還選擇了接受破滅——她渴望破滅。事已至此，已經由不得我了。

總之，我能做的事相當有限，而拯救圍井小姐的選項並未包含在內——因此，我只能讓她破滅。

我並不是自以為英雄——我只是為了保護自己，不得不以這麼扭曲的方式，與向我求婚的對象為敵。

本來是信賴有加的朋友介紹給我，而我也對她的工作態度很有好感的對象，與她賭上彼此的破滅，反目為敵——只不過是如此而已。

人生在世，難免會遇上這種事。

雖然不是經常發生的事，但也是隨時發生都不奇怪的事。

我只是覺得，如果是與討厭的對象或令人火冒三丈的傢伙為敵，該有多好啊……

「好了，前言到此為止，隱館先生。請趕快開始吧，狠狠地拒絕我的求婚。」

「……在我拒絕以前，請容我把醜話先說在前頭。」

圍井小姐雖然那樣「稱讚」過我，但說真話，這時才真正考驗我是否已有所覺悟。

「接著我要說的一切，都是接續昨天，我向忘卻偵探——也是圍井小姐很熟悉的掟上今日子小姐請教之後，以她的意見為前提發想的推論。」

「……咦？」

她咬著下唇維持住的面無表情，一瞬間變得毫無防備——她理應沒想到，想必是滿意外的吧？

愈是今日子小姐的忠實粉絲，愈會這麼想。

只有今天的今日子小姐，原本是絕不可能「接續昨天」繼續調查圍井小姐的。

說是絕不該發生的事也不為過。

但是不對，不是那樣的。

有一個偉大的力量——足以破壞所有的規則、顛覆所有的法則。

那就是偉大的——愛的力量。

我按住自己的胸口回想。

「那麼，讓我們開始吧。圍井都市子小姐——我會用最快的速度，讓你破滅的。」

只不過，縱使用最快的速度，或許都已經太遲了。

2

「原來如此原來如此。原來身為忘卻偵探的我，這次負責處理這樣的案件啊！真不愧是我親愛的厄介先生，將事情的來龍去脈說明得如此簡單明瞭，幾乎讓我又重新愛上你了。厄介先生流暢的說明，無異是行雲流水的最佳寫照，這可不是任何人都辦得到的。謝謝你還為了我特地說兩遍呢，真是感激不盡。」

在我的胸膛上寫下成堆謊言之後，今日子小姐睡得香甜直到快天亮，神清氣爽地睜開雙眼，聽完我所說明的那些與行雲流水相去甚遠，簡直只能以拖泥帶水來形容的事情概要——以及「昨天的今日子小姐」進行過的調查結果之後，她馬上握住我的手這麼說。

緊緊地、暖暖地，用力地握住我的手。

對於肢體接觸毫不猶豫，而且距離實在太近。

過去也不是沒有發生過在調查的過程中不小心睡著，必須向今日子小姐反覆說明的經驗，但是今日子小姐在這方面還挺厚臉皮的，所以這還是她第一次這麼認真地向我致謝（今日子小姐的感謝之意通常都少得可憐）。

能在這麼近的距離之下，看到她這樣毫無防備的笑容，更是少之又少。

真希望她不要穿著性感睡衣，滿臉笑意地步步逼近裸著上半身的我——

可是，我也說不出這種拒人於千里之外的話。

我必須全力配合她設定的情境。

畢竟她現在一心認定我是「理想中的王子」——看過自己親筆寫下的備忘錄，「想起」這樣的事。

我不能破壞自己在她心目中的印象。

雖然在身上滿是口紅痕跡的狀態下定這樣決心，實在一點氣勢也沒有。

「呵呵呵。」

回過神來，今日子小姐維持跪坐姿勢，一寸寸地朝我逼近而來——直到兩人的膝蓋幾乎已經碰在一起。只見她臉頰潮紅，一臉陶醉的模樣。

我曾經歷過無數自以為「今日子小姐該不會對我有意思吧」的局面，但是看她此時此刻的表情，我完全確定那些都是我想太多了——如果這才是「陶醉」，那麼過去我所見過的表情都只是在客套的範圍內。

感覺清清楚楚地看見了「價值百萬美金的笑容」與「一文不值的微笑」之間的差異，使我飽受傷害。

「呃，我說，今日子小姐。所以呢，你聽完以後有什麼想法？有沒有感覺到什麼？」

「感覺到什麼？你是指除了從我內心深處不斷湧出的這股熱情以外，還有什麼別的嗎？」

「是的。我就是指那股熱情以外的。」

還有，那股熱情並不是來自內心深處，主要是從你右下臂湧出來的。

「討厭啦！厄介先生明明早就知道答案了，卻還是找機會讓我表現，真是太溫柔了。」

她親暱地拍打著我的肩膀。

記憶重置，對我也應該又是「初次見面」才是——這個人在意中人面前都是這麼主動嗎？

可惡。

互動毫無隔閡令我好開心。開心得不得了。幸福得快死掉。

這次取巧的卑鄙手段，雖說是她單方面的專斷獨行，但是總讓我覺得有點危險，擔心是否會因此一口氣毀掉我這些日子以來，好不容易與今日子小姐建立的關係。

就像夢想著有朝一日可以存到一百萬，於是花上好幾年，一點一滴地存下五百圓硬幣逼近目標時，突然間中了三億圓的彩券——真的會讓人迷失人生的意義。

沒經過努力就實現的夢想，通常總是伴隨著空虛。

聽說中樂透的人後來有相當大的比例都會遭逢破滅，我原本以為這只是心胸狹窄至極、夾雜著嫉妒的都市傳說，如今傳說卻在我心中開始迅速地產生了可信度。

「破滅。對了，正是破滅——沒錯沒錯。」

或許是在潛意識的某個角落還殘留著工作的意識，今日子小姐的語氣又恢復了正經。

「這兩個字是這次委託的關鍵字——『昨天的我』基於『六個人當中有一半以上沒有破滅』的調查結果，證明了圍井都市子小姐口中的『詛咒』是荒唐無稽的，但是，既然都推理到這裡，應該再進一步地思考才對。」
眼前是與平常無異，對「昨天的我」也像是對陌生人的今日子小姐——
不，這次與其說是陌生人，根本是完全不同的兩個人。
這個落差太巨大了。
只不過，昨天還那麼討厭我，今天卻這麼喜歡我，真是難得的體驗。
這必定就像向我求婚以後，馬上又威脅說要讓我破滅同樣難得。
「因為反過來說，畢竟六個人裡面還是有兩個人遭逢破滅。」
「嗯，這倒是……」
「六個人裡面的兩個人——聽起來或許會覺得比例不高，但是對當事人而言，等於是僅有一次的人生就這麼破滅了，不應該等閒視之。」
「……」
這麼說的確是這樣沒錯。
我很清楚這不是人數的問題，「一百人裡面有九十九人獲救了」之類的新聞絕非意味著「只犧牲一個人沒關係吧？」——從那個人，或者是那個人的家人朋友的角度，就是全部。

「哎呀！厄介先生的反應好快呢。身為偵探，我從來沒遇過像你這麼聰明的聽眾，真是太幸運了。」

真希望她不要一逮到機會就把我捧上天。

就算心知肚明也差點要誤會了。

什麼從來沒遇過，明明連自己身為偵探做過什麼都不記得。

「呃……稱得上『破滅』的那兩個人……是她小學時的同學，以及出社會以後的公司主管……可是今日子小姐。」

「什麼事？直接叫我今日子也無妨喔！」

「不，請讓我繼續叫你今日子小姐。那兩個人的『破滅』並不是圍井小姐的錯，這點『昨天的今日子小姐』也調查過了。」

「第五位男士——也就是她在大型出版社上班時的上司，除了圍井都市子小姐以外，還跟好幾個公司裡的女性有染，所以受到處分的確可以說是自作自受吧——至少不能把責任全都推到圍井都市子小姐一個人頭上。但是另一個人——小學時代的同學又怎麼說呢？」
「怎麼說……」
那也不是圍井小姐的錯。根據「昨天的今日子小姐」的調查，要說年紀輕輕也實在是太年輕就自我了結的他，跳樓自殺的原因是由於在圍井小姐不知情的情況下遭到班上同學霸凌……
「可是，沒有遺書喔！」
今日子小姐說道。
無論講起話來的姿勢是如何做作，那敏銳的洞察力——誠然是名偵探的才有的犀利。
「如果校方及相關單位的否認為真，他跳樓自殺的原因真的不是由於受到霸凌——如果校方是冤枉的呢？」
「冤、冤枉的……？」
「如果他跳樓自殺的原因，是出在圍井都市子小姐身上呢？」

3

絕不是「昨天的今日子小姐」的調查與分析有什麼疏漏——事實上，她也真的追查到僅差毫釐的地步。

早在昨天，「昨天的今日子小姐」就已經提出「既然家屬還在打官司，就表示尚且無法證明校方或相關單位必須負起責任」的論調——「本校並未發生霸凌的事實」或是「無法斷定自殺的原因是源自於霸凌」這種樣板台詞也不見得真的只是用來逃避責任的藉口，這點我與今日子小姐都有共識。

我在受訪時自己也提過類似的觀點，所以也認為不該排除校方被冤枉的可能性——可是如果校方真的是被冤枉的，就應該更進一步地思考，或許還有其他兇手存在。

不僅是五十步與百步的距離，還是相當大的一步。

「今天的今日子小姐」踏出了那一步。

幹勁有差……

為討厭的人工作和為有好感的人工作，會出現這麼大的落差嗎。

更重要的是，當事人今日子小姐看起來非常困惑。

「真想不通『昨天的我』為何會沒注意到這個可能性呢？是因為臣服在厄介先生的魅力之下嗎？」

看來她本人並不認為自己在工作時會夾帶個人情感——「今天的今日子小姐」從與昨天相同的調查結果中，成功地發現了昨天沒想到的角度，但卻尚未能說明「那又代表了什麼」。

圍井小姐就是第二個男朋友自殺的原因？

比起「由於被人霸凌而跳樓」的淺顯易懂，的確很難否定「為了正在交往的女生才跳樓」實在是難以理解。

「沒錯。可是厄介先生，話說回來，他們兩個人的關係根本還稱不上『正在交往』吧？」

「……嗯。在第三個人，也就是高中生以前的交往，感覺都只是兩小無猜……說老實話，頂多只能說是『感情很要好的男女同學』。」

小學生的話就更不用說了。

可能連角色扮演都稱不上，只是扮家家酒般的「在一起」——可是，那又怎樣？

若說關係比大學時代或出社會以後的交往還要淡泊，對於「破滅」的責任應該也沒那麼深重。

「請讓我好好為你說明吧。你的今日子是不會辜負委託人期待的。」

「……那真是太好了。」

我點點頭，對於「你的今日子」這種第一人稱則完全不做反應。這樣看起來或許是個冷酷的男人吧——不過卻裸著上半身（從這個角度來說的確是很冷）。

「這麼一來，會變成整體感覺很糟的事……對圍井都市子小姐而言，也將會是很殘酷的行為。但是，我也不能眼睜睜地看著厄介先生破滅。」

「會很……殘酷嗎？」

雖然對我而言，目前結果已經是相當殘酷，但直到昨天為止，對圍井小姐的身家調查結果，還能將她從莫須有的詛咒中解救出來——若要將其翻轉過來，的確不是一件太愉快的事。

可是。

「拜託你了，今日子小姐。不管最後會讓人感覺有多糟，會讓人覺得多麼不愉快，身為委託人，我都會負起責任來接受這個事實，所以請你以我也能聽得懂的方式，把你的推理鉅細靡遺地說明給我聽。」

「好帥哦，我又重新愛上你了。」

今日子小姐雙手合十，貼在臉頰旁——怎麼看都不夠嚴肅。

不過，推理還是一樣犀利。

「首先，我可以明白地告訴你，有著圍井都市子小姐這種思考模式的人絕不在少數。這種人『自認』具有超越本身影響範圍的影響力——像是『我覺得很好聽的音樂卻沒流行起來』或是『我喜歡的漫畫被腰斬了』或是『我支持的藝人無法大紅大紫』或是『我去看比賽的話，地主隊就會輸球』——是一群責任感過剩的人。」

「……嗯。這個我明白。不過無論是什麼人，或多或少都有這種傾向吧——不過今日子小姐，你剛才舉的全都是消極的例子，也有人會從積極正面的角度來解讀自己的影響力吧，像是『因為有自己的加油打氣，那個人才會成名』之類的呀？」

「那當然。只不過，從社會結構來看，世上失敗的人比成功的人還多，所以就比例而言，自稱『掃把星』的人顯然比較容易增加。」

「有道理，要成為『幸運星』可不是件容易的事——除非有非常精準的眼光，否則哪有可能喜歡上的對象個個都功成名就。」

「其實也不是這麼回事呢。」

「？」

「呃，請讓我照順序從頭說起——我是說，聽完厄介先生的敍述，我當然也以為圍井都市子小姐是個具有這種思考模式的人。單從你的話聽來，她似乎是個非常認真的女性——年輕女性中不乏具有『與自己交往過的人全都變得很不幸』這種悲劇女主角思維的人，我不敢說俯拾皆是，但確實是不足為奇，極為常見的『妄想』。」

「……」

感覺上，今日子小姐對圍井小姐的態度好像比昨天辛辣，難不成是在嫉妒向我求婚的她嗎……如果這也是提升幹勁大作戰的一環，「昨天的今日子小姐」的策略也太狠毒了。

「極為常見——反而很不自然。」

「……？」

「簡直就像是刻意將自己模式化，以便套入某種類型——感覺不到任何人為的要素。」

「……換句話說，圍井小姐是故意偽裝成自我意識很強的人嗎？」

不，可能連這也是一種模式——「建立模式化自我」的模式。藉由將自己套進既定類型的角色形象之中，用以確立自我的一種自我建設的做法。

也就是所謂的「塑造角色」。

塑造好角色，根據設定，演給別人看。

她看上去不像是這種人，但是我對圍井小姐的了解還不足以判斷她是哪種人——畢竟我們才剛認識。

「圍井小姐之所以會那麼生氣，該不會是因為被我們看破一切都只是她在『塑造角色』吧？」

「光是那樣還好，根據我的推理，問題更加深刻一些——問題深刻，罪孽也深重。」

「是嗎……」

「當然，我這麼說沒有任何確切的證據。這只是性格惡劣的我，從厄介先生剛才對我說的話雞蛋挑骨頭，才做出這麼扭曲到不行的解釋——因此，細節部分請你今晚跟圍井小姐拿訪問原稿時向她確認。畢竟再怎麼樣，我也不方便跟你一起去。」

這倒是沒錯。

可是，先不管求婚的事，關於推理內容，由今日子小姐去解釋不是比較好嗎？因為她可是個會去聽今日子小姐演講的忠實粉絲……

「粉絲……我很感謝她對我感興趣，但是圍井都市子小姐本人並沒有要委託我調查她自己的意思吧？既然如此，就算由我去和她解釋，我想結果還是一樣的。」

沒錯……「可以的話，我也想委託她」這句話，意味著「因為不可以，所以沒有委託她」，所以「昨天的今日子小姐」才會覺得很訥悶——訥悶圍井小姐為何不委託置手紙偵探事務所。

在「昨天的今日子小姐」缺乏幹勁的低潮模式之下，頂多就只停留在「訥悶」的地步，但處於超高潮模式的「今天的今日子小姐」，滿懷的幹勁足以讓名偵探更進一步，伸手觸及前方的真相。

「圍井都市子小姐之所以不來正式委託我，只在演講時提出拐彎抹角的問題，點到為止，其實是因為不想由於調查而使得真相水落石出——我們可以這麼想，對於厄介先生自作主張，委託我對她進行身家調查一事，她在之所以能寬大為懷地說『還可以原諒』，其實是因為『昨天的我』根本沒有查明真相。」

「可以這麼想……」

這是——潛意識嗎？

不是自我意識——而是潛意識。

我無法明確地指出自我意識與潛意識之間的差異，但我似乎能明白圍井小姐或許真有什麼不想曝光的祕密。

不得不明白。

「那麼，她不想被不解風情的名偵探不由分說地攤在陽光下的祕密，到底是什麼呢？我認為不是詛咒這種間接方式——圍井小姐與六位男性的『破滅』，或許有著更直接的關係——然而，根據『昨天的我』所進行的調查，實際上真正遭逢『破滅』的人數其實相當有限。六個人中只有兩人……而且任誰都看得出來，兩個人的其中之一完全只是自作自受。這麼一來，用單純的消去法，剩下的那個人——第二位男士的『破滅』與圍井小姐直接有關的推理，就會是成立的。」

從調查結果來看，其他四個人當然不用說，就連圍井小姐第一家任職公司的主管，要將「自願離職」與「破滅」畫上等號也是過於武斷。說不定當他與所有女同事斬斷亂七八糟的關係以後，現在正以平靜的心情過日子也說不定——也或許跟其他四個人一樣，今後也有東山再起的可能性。

然而，只有第二個男朋友，要這麼看來會是個唯一的例外——因為他已經死了。

再也不可能重新來過。

假使造成他送命的「破滅」與圍井小姐有關的話——假使他是因為圍井小姐才跳樓自殺的話。

雖然是有些粗暴的邏輯，但如果要以此進行思想實驗，倒也沒有任何阻止的理由，反而有嘗試的價值。

「所以請先在這裡停下來思考一下，厄介先生——你在聽到圍井小姐告訴你這些事情的時候，不覺得隱隱約約有哪裡不對勁嗎？她說自己對『當時正在交往』的對象被霸凌一事並不知情——圍井小姐好像是這麼說的，你不覺得這樣很不自然嗎？」

「……」

她那天的描述聽來像是在責怪不知情的自己……但明明是同班同學，而且雖是兩小無猜，也還算情侶關係的對象在班上持續被人霸凌卻不知情，仔細想想的確很不對勁。

不知情──這種主張。

感覺和「對發生霸凌情況毫不知情」這種樣板聲明有異曲同工之妙──可是，如果她早知情，狀況會有何不同？

「其實她才是霸凌的首謀──嗯，應該不至於吧。因為現在我們是在想一些自殺不是因為霸凌的可能性。」

「沒錯。我假設的正是相反的情況。被霸凌的他接受圍井都市子小姐幫助的可能性。這樣也比較符合你所描述的性格──圍井小姐富有正義感的性格。」

我不確定圍井小姐是否從小學時代就是那種性格，但是那樣的確比較合情合理──比起假設她就是欺負人的小孩，或者是明知有人受到霸凌卻置之不理的情況合理得多。

只是這麼一來，就沒有她必須隱瞞這件事的理由。

幫助受到霸凌的同學是非常了不起的行為，並不是需要害怕偵探拆穿的事情。不過，倘若她認為自己只是做了該做的事，也不會覺得這有什麼好拿出來說嘴吧……

「受到霸凌的男孩、出手相助的女孩——假設兩人的關係因此更進一步，變成感情融洽的同班同學……或許會成為班上同學冷嘲熱諷、起鬨調侃的對象呢。」

「也是，畢竟小學四年級……才十歲左右吧。」

若是充滿正義感的女孩挺身而出，保護遭到霸凌這樣男孩子的構圖，在班上引起「搞什麼嘛，你喜歡那傢伙嗎？」之類的起鬨調侃也不奇怪——而充滿正義感的女孩，大有可能不會屈服於那樣的挑釁。

今日子小姐熱情洋溢的視線，看著感覺宛如走進死胡同的我（真希望她不要用那麼詭異的眼神看我）這麼說。

「到這裡，『今天的我』比『昨天的我』多了一個優勢——因為『今天』又比『昨天』多了一項推理的材料。」

「多了一項推理的材料……應該沒有什麼新增加的情報吧。」

「請你仔細想想。如果是今日子最愛的厄介先生應該就能明白喔。」

好沉重的期待。

還有，拿自己的名字做為第一人稱的今日子小姐真讓我受不了。

「給個小提示的話……我已經活用了一次那項特權呢。好了，請你把答案說出來吧，我最愛的厄介先生。」

「我最愛的厄介先生究竟是……啊，有了，我明白了，是電話對吧——是我在電話裡向圍井小姐報告調查結果時衍生出來的談話。」

「正是如此。真不愧是厄介先生，真的比較厲害呢！」

是跟什麼比。

嚴格說來，我也把當時的通話內容告訴深夜前來我住處拜訪的今日子小姐了——換句話說，她口中「已經活用了一次」的，應該就是是圍井小姐那句「如果可以的話，我也想委託她」的發言。

因此，雖然對於這項「新增情報」有點在意，可惜當時（討厭我）的今日子小姐實在太睏了——這麼一想，寫在我胸膛上的這篇文章，或許就像深夜寫下的情書。

所以內容才會那麼肉麻。

「可是，我和她的對話內容有什麼問題嗎？除了『如果可以的話，我也想委託今日子小姐』以外，還有什麼值得注意的細節嗎……」

「不是細節，而是主題。『如果答案不能讓我滿意，我就要讓你破滅』的宣言——你難道不會有點在意嗎？」

問我在不在意的話，這根本已經不是在不在意的問題了。因為我可是邊發抖邊為這句話煩惱了六個小時。

「我並不是不能明白圍井小姐求婚被拒、忿忿不平的反應——但是對她居然不能理解心地善良的厄介先生是有多麼用心良苦，真的只能用遺憾二字來形容。」

今日子小姐才是心地善良。而我的用心良苦才是令人遺憾。

「然而，只因為這樣就嚷嚷著要讓一個人破滅，不管怎麼想，反應都太大了吧。完全不像是一名成熟女性該有的舉動——厄介先生會抱持『如果是理智的、冷靜的、公平的、實事求是的她，或許能理解我的心情』的這種想法，其實應該也沒有太脱離現實。」

可是「昨天的今日子小姐」卻一口咬定這是「男性特有的妄想」……算了，這點就別告訴她了。

不過，我現在倒認為關於這點，或許低潮模式的今日子小姐才是對的——自我感覺良好的自己實在是太丟人了，我對此深感反省。但是現在處於超高潮模式的今日子小姐所說的話，也非常有道理。

反應太大。

這件事就連「昨天的今日子小姐」也有同感。

就算我冒冒失失地闖進她的私領域裡，也犯不著讓我破滅——生氣是必然的，但「要讓一個人破滅」可不是必然的反應。

既然如此，「今天的今日子小姐」又會怎麼解釋圍井小姐那有些過於歇斯底里的反應呢？

「一開始，我以為是她自視甚高，還不習慣被甩所致，但是這樣的女性形象與她宣稱『交往過的男人全都遭逢破滅』應有的感覺並不一致。不斷反覆失敗，擔心自己是否終其一生都無法談上一場正常戀愛的人，對自己的評價應該更低一點——就算求婚被拒，應該也會自虐地認為『果不其然』，或是認為『雖然被對方甩了，但是或許這樣也好，至少不會害心儀之人遭逢破滅』才對。」

「嗯……」

雖然真的到這種地步也有點太過於投入角色，但是換個角度來看，這應該是比較合理的反應——很符合「受到詛咒的人生」這種「角色」。

但是，實際的反應卻正好相反。

再怎麼說，我也是她求婚的對象，她卻揚言讓我要破滅——看似是為了符合「角色」人格特質，但實際上的行動卻是大大偏離角色設定，說是南轅北轍也不為過。

「因此，先把圍井都市子小姐因為踐上天，才會出現歇斯底里的反應這樣的假設擱一邊，繼續思想實驗吧。」

踐上天？這種形容詞即使在今日子小姐十七歲的時候，也已經沒什麼人會說了吧？

「並不是因為被厄介先生傷害才失去理智——而是因為被戳到心中的舊傷才會失去理智，這樣想如何？」

「被戳到——舊傷？」

「因為被你拒絕，所以被戳到——過去的舊傷。」

「……」

「因為你揭開了她過去的傷疤——戳到舊傷——所以才勃然大怒。」

今日子小姐不容置疑地說。

嘴上說是思想實驗，但她應該已經有結論了。

「她之所以會對拒絕自己的厄介先生充滿攻擊性，與其說是氣昏頭，不如說『彷彿看到以前的自己，因而感到焦躁不安』才是真相——也就是說，圍井都市子小姐也曾經被別人示愛，而且採取了錯誤的拒絕方式。即便是這樣假設也不會產生矛盾吧？」

「錯誤的……圍井小姐拒絕別人嗎？」

「是的。」

所以才不希望厄介先生重複相同的錯誤——不希望錯誤成為模式。

今日子小姐如是說，指著我的胸膛——不，不是胸膛，而是寫在上頭的文章。

無論擷取哪一段都會令人臉紅的「愛的訊息」，今日子小姐此時此刻指著的是「要是被厄介先生討厭的話，我就活不下去了」那一句。

活不下去。

被討厭的話，就活不下去——被討厭的話。

「第二位男士跳樓自殺的原因，難道不是因為失戀嗎？」

4

說得極端一點，「因霸凌自殺」也算是某種既有的典型模式——如同發生命案時會懷疑第一個發現的人一般，如果是在學中的未成年人自殺，不管有沒有留下遺書，人們都會先懷疑原因是否為霸凌。

原來如此，而這種機械式的樣板思考，在大部分的情況下也或許都是正確的——但如果可以拿樣板來套，自然也會產生其他的可能性。

失戀不也是其中最模式化，最是隨處可見的自殺原因嗎——倘若跳樓自殺的不是小孩，倘若那孩子沒有霸凌的問題，「失戀」豈不是應該被第一個想到的標準動機嗎？

「因為被甩……嗎？難道不是一方不願意分手嗎？」

「從她對你暴跳如雷的態度來看，應該是沒有這個可能性。稱不上是交往的關係——假如是周圍的人瞎起鬨，拱他們成為一對小情侶的話，關係也就僅止於此。」

「……」

今日子小姐只說到這裡。

雖然只說到這裡，但只要說到這裡，接下來的不用說也能想像得出那絕對是個感覺糟透了的結論。

在班上被霸凌的男生，受到品學兼優的女生幫助，結果兩個人都成了被調侃的對象——女生沒把這些調侃當一回事，但男生卻當真了，將受到幫助的感念與青澀的愛戀混為一談。

可是女生的行為自始至終只是基於正義感，對男生並沒有那個意思，甚至是精神潔癖地以非常殘忍的方式，拒絕了男生的心意。

你對我的心意其實只是一場誤會。

說不定正經八百的女生還講起道理，合乎邏輯地否定了對方——如同我對她做的那樣。

事情的經過也可能是完全不同——總之被拒絕的男生受到了打擊，於是跳了下去。

從校舍的屋頂上跳了下去。

只是，那並不是因為失戀、生無可戀才選擇死亡，或是「被討厭就活不下去」、「人生無望」這種悲劇女主角似的感情，而幾乎可以說是——

「來找碴的……嗎？」

「沒錯。就是因為這樣心智軟弱，才會成為霸凌標的吧。」

這句話說得很重。

雖說想到他這麼做的意義，也只能這樣說——但還是沉重。

當然在霸凌事件中，欺負人的人百分之百一定不對，但是被欺負的人也不見得就是天使。就像大雄也會利用拿到手的道具幹些壞事——遭到霸凌並不是堅強或善良的證明。如果說這輩子不斷被人冤枉的我肯定是個大好人，也不盡然。

認定被欺負的人一定純潔無暇，可能會促成「既然如此，像我這種人被欺負也是無可奈何的事」這種錯誤的自暴自棄。

「因為他沒留下遺書，大家都以為『自殺的原因是霸凌』，但是只有圍井小姐知道他跳樓的真正理由……」

「乾脆在遺書上寫下『我被甩了才尋死』還好一點。因為這麼一來，身邊的人就會開導圍井小姐──『跟你沒關係喔，不要放在心上』、『你沒有錯』或是『這絕不是你的責任』之類，也有機會接受專業的心理輔導。但是因為沒留下遺書──她只能獨自一個人，背負著男孩自殺的真相。」

……我不想去思考這一切是否都在他的計畫之內。為了讓她受苦，為了讓她陷於孤立無援，故意不留下遺書──我認為小學生不可能這麼惡毒、不可能心機這麼重。我希望他沒有愚昧到因為女生對自己好才喜歡上對方，又因為這個女生對自己冷淡就討厭對方。恐怕只是不好意思寫下「因為失戀就尋死」這種理由吧。

我想，就算不是主要原因，遭到霸凌一事，也與他的死絕對脫不了關係。說不定還有其他原因，例如家庭問題之類的。肯定就連他自己，恐怕也搞不清楚自己的內心究竟充滿了什麼樣的絕望。

然而，圍井小姐卻認為。

卻認為是自己的錯。

無法與任何人商量——只能這麼背負著。

還是小學生的女孩子，就這麼背負著一個人的死亡。

「衝擊她內心的並非絕望，而是種種藉口互相激盪。正因為感到自責，才想逃離那股自責——我才沒幫過他，因為我連他被欺負都不知道。我才沒甩過他，因為我很喜歡他。我才沒害死他，因為就像大家說的，我和他真的在交往——藉由這樣改寫自己的記憶，來保護自己。」

「改寫——記憶。」

就像今日子小姐現在這樣。

不，不是這種令人苦笑的改寫記憶，而是更為迫切、更是以命相搏的——為了自衛的改寫。

「這可真是絲毫不值得稱許的行為。由於她的不負責任，使得許多人被迫必須為此負責。」

這句話依舊嚴苛——雖然她說的沒錯。

一想到霸凌官司至今還在進行中，就覺得如果只用一句「真是個可憐的女孩子啊」來形容小學四年級的她，看人也看得太淺薄了。

可是，若不這麼形容……

要怎麼形容才算看得深厚呢？

「那麼，不只這次，圍井小姐每次面臨告白、被告白、提分手之類的場面，都會刺激到以前的舊傷、刺激到記憶，乃至於……」

我說著說著，心中又有種「不是這樣」的感覺——我沒聽她提到分手談不攏的事——反而是在提到約定終身的第六個男朋友時，還說她不得不接受對方含淚求分手。

而且，怪怪的。

小學時代的創傷，成了長大後與男性之間關係發展不順的原因——這個解釋在乍聽之下似乎很有說服力，但是有一個矛盾。

那就是幼稚園時代的第一個男朋友。

發生車禍而導致「破滅」的他——就算事實上完全稱不上是「破滅」，

但那場意外無疑是發生在與第二個男朋友建立起關係之前的事。

「沒錯。這時要回到稍早之前的比喻。世上的失敗比成功來得多，所以認定『喜歡的對象失敗了』的人，也會比認定『喜歡的對象成功了』的人來得多——對吧？」

「對、對的。可是今日子小姐說過，事實並非如此。」

「哎呀，你還記得我說過的話啊，真是令人開心。雖然我會忘記這份開心的感覺，但是請厄介先生一定要記得哦。」

請不要在偷吃步時講出這麼動人的台詞。

言歸正傳，又沒有神通眼，怎能有辦法只喜歡上日後會成功的人、日後會受到肯定的作品呢？

「當然有辦法。而且這是非常簡單的原理哪。只要看到已經成功的人或受到肯定的作品，再說『我從以前就喜歡了』就可以了。」

「……這不是騙人嗎？」

「就是騙人啊！那又怎樣？」

目前正扯著漫天大謊的今日子小姐說出的這句「那又怎樣」真是好有說服力。

不過，講得是白了些，但是經常可以在我們周遭聽到，像是「我從走紅以前就開始支持了」之類的話，說穿了，無非就是這麼一回事吧。

分明以前只是偶爾看看的程度而已，卻謊稱「我從以前就注意到了」或是「我就知道總有一天會大紅大紫」，假裝自己很有眼光——極為小市民的、微不足道的謊言。

不，曾幾何時，這不再是謊言，記憶也會隨之改寫，以為自己真的從以前就支持著對方。

比如說，去聽今日子小姐演講的時候。

看著聚集在會場的聽眾，我也多少會得意洋洋地想著「在今日子小姐變得這麼有名之前，我就認識她了呢」之類的。

可是，若說我從初次見面開始，就像現在這麼信賴今日子小姐，倒也完全不是那麼一回事——老實說，我起初還有好一段時間，一直認為她是個陰陽怪氣的偵探。
有這樣的過去，卻擺出一副骨灰級資深粉絲的模樣，還自以為是常客的我，其實也相當巧詐虛偽。
「話說回來，我知心的朋友，這個原理也可以反過來用吧？」
請不要學紅髮安妮說話好嗎。
我並沒有當黛安娜的資格——嗯？反過來用？
「也就是說，看到已經失敗的人或不受肯定的作品時，主張『看吧，一旦被我喜歡上了，大家都會完蛋』也不是不可以吧？」
當然——可以。
可是，做這種事的意義何在？有必要大肆宣揚自己的眼光很差嗎……
既然要說謊騙人的話，假裝從以前就是暢銷作品的粉絲還比較合乎人性。
「只要將『被我愛上的人都會遭逢破滅』這種受到詛咒的命運套用在自己身上，就能把對方的破滅怪到命運之上——就可以轉嫁責任了。」
「轉嫁——責任。」

並非認為是自己的錯。

而是為了認為是命運的錯——所說的謊言。

「更進一步地說，是將一個同班同學的死，轉換為六人的其中之一——將他的死做為六個『破滅』的其中一個，將他的死變成根據『詛咒』列出的被害人清單裡其中一項。」

藏木於林。

推理小說的公式。

不，可是，等一下，如果是這樣的話。

‧‧‧‧‧如果那是謊言的話——如果是將破滅埋藏在破滅裡，將男孩埋藏在一群男人裡，如果是將真實埋藏在謊言裡的話。

「所以今日子小姐，你的意思是——除了自殺死掉的第二個男朋友之外的五名男性，圍井小姐不但沒有讓他們遭逢『破滅』，甚至不曾交往過——就連喜歡都稱不上嗎？」

5

「不能說全部都沒交往過，但如果是第一位與第三位男士，我幾乎可以百分之百地斷定沒有。」

今日子小姐說得斬釘截鐵。

截至目前的推理之所以拳拳到肉，假如是基於對我的好感，那已經不只是令人心虛，簡直是讓我快要窒息——心中又開始湧上早知道就不該委託今日子小姐的念頭。

然而，已經太遲了。

最快的偵探一旦出動，就不會停下來。

「幼稚園的時候，住家附近有個發生車禍，後來搬家遠走的『大哥哥』，所以就當作自己與那個人有過結婚的約定——高中時代，又發現學校裡有個曾是風雲人物，卻在比賽時受傷不得不退出社團的足球社學長，就當作自己喜歡過那個人，讓自己化為粉絲團女孩們的一員，追捧簇擁著身負悲劇性的足球前鋒。」

逐漸真相大白的隱私、謊言，以及罪行。

一見到已經破滅的人，便自認為從以前就喜歡他們——說自己愛過他們、與他們交往過——修改過去，重寫回憶。

「這麼一來，使其化為其中之一——不再是『第一個人』，而是把其實是唯一一個遭逢『破滅』的同班同學變成『第二位男士』。」

就連交往都稱不上——不僅如此，事實上真的不曾交往過。

可是，如果真的是這樣，大學畢業以後的那三個人又怎麼說呢？要說青春時期的「回想」是改寫了記憶，的確可以說得通，但圍井小姐和後面那三個人交往，可是最近的事。

「沒錯。所以接下來就是對於既有原理的應用了——刻意對最近可能會『破滅』的人產生好感，是一種明知故犯的行為。」

明知故犯。

不管怎麼看，都是明知故犯。

「喜歡上無法融入大學這個環境，從以前就對NPO活動感興趣，推測最近可能就會休學的社團伙伴。與四處向公司內的異性搭訕，明顯有問題的上司發生關係。至於那位中小企業的老闆，因為她當時已經是在最前線報導的新聞工作者，業績好不好，只要想查就能查到吧——要知道對方眼下並不是可以結婚的狀態，也只是小菜一碟。」

「……就像『自我應驗預言（Self-fulfilling prophecy）』那樣嗎？」

「很接近了。也許該說是『自我應驗詛咒』吧——不是因為愛上對方才導致『破滅』，是因為知道對方會『破滅』才愛上。這麼做，就能將『第二位男士』藏在森林裡——就像樹葬那樣。」

這或許是圍井都市子小姐的奠祭方式——今日子小姐做出這樣的結論，然而，就算這麼說，也全然無法美化這些行為。

反而更令人不寒而慄——任誰都會不寒而慄。

剛聽到的時候，就覺得與六個人交往，就讓六個人都遭逢「破滅」——這比例實在太高，感覺是不太可能的事。

沒錯，的確不可能。

「第一個男朋友」與「第三個男朋友」都是後來才穿鑿附會上去的，而「第四個男朋友」與「第五個男朋友」與「第六個男朋友」三個人，則是以「破滅」為基準選擇的對象。

然後。

我這個「第七人」——也是以「破滅」為基準。

說穿了，其實跟「第六個男朋友」沒兩樣，因為圍井小姐親自採訪過我——具備冤罪體質的我，幾乎可以保證在不久的將來就會面臨「破滅」。

她說因為我即使被冤枉過無數次，「破滅」過無數次，每次都能借助偵探的力量絕處逢生，所以跟我結婚也沒關係——但真相剛好相反。

圍井小姐認為，要是能和一直遭逢無數「破滅」的我在一起，就可以白頭偕老，直到永久。

我覺得，跟你在一起就能夠得到幸福。

我覺得，若不跟你在一起就不會幸福。

……當然啦，當然很幸福。

並不是她愛過的對象都遭逢破滅——圍井小姐其實是希望自己愛過的對象都能遭逢破滅。

對這樣的她而言，像我這種在日常生活之中便不斷遭逢破滅的傢伙，做為伴侶的人選，恐怕是再適合不過了。

沒想到圍井小姐對我的感情並不是「這個人就算破滅也無所謂」——而是確信「這個人一定會破滅！」

所以才會認定非我不可。

會這樣改寫記憶——篡改感情也無可厚非。

否則還有什麼理由會讓她突然一時心血來潮，做出剛認識當天就向我求婚這種瘋狂的舉動？

「……她有這方面的自覺嗎？」

我問今日子小姐。

一時半刻還不曉得該對這個結論做何感想。

「我也不曉得圍井小姐在改寫過去回憶時有沒有自覺……關於自己受到詛咒的事、愛上的對象全都遭逢破滅的事……將就連喜歡上誰、喜歡過誰的心情都加以篡改……」

雖然今日子小姐並沒有提到，可是一旦愛上感覺不出來會「破滅」的異性時，圍井小姐或許就會當作那份好感「沒發生過」吧——因為不這麼做的話，就會違反既有原則。

最令人於心不忍的，或許是這一點。

「我猜她其實是有自覺的喔。」

得到的卻是與心裡所想相反的答案。

「因為她不是我，不可能隨心所欲地忘掉心理創傷——不過，倒是可以假裝忘記。」

「……」

「我覺得這一點完全體現在『無論使出什麼手段，我都要讓你破滅』的宣言裡。你提供的調查結果，使得她多年來層層堆疊的理論瞬間土崩瓦解

——刻意不去調查他們的後續發展，一直被她視為已經『破滅』的人，全都活得好好的。『詛咒』在你不解風情的追究下崩潰，如今已如風中燭火——為了貫徹詛咒，只好不擇手段——為了不讓自己崩潰，只能親手讓白己曾經求過婚的你迎向『破滅』。」

自我意識與潛意識的差異——並不是這麼回事。

她是有自覺地，在清楚前因後果的情況下——改寫自己的經歷。

自覺地，自殘地。

無論再怎麼篡改。再怎麼一再重寫，將白的染成黑的。

依舊什麼也無法忘記。

「或許正因為如此，她才會來聽我的那場演講——想委託我，又不能委託我，只能提出拐彎抹角的問題，但是圍井都市子小姐真正想知道的，其實是如何忘記不愉快的回憶。」

如何隨心所欲地忘記不想記住的事。

要是有這種方法，我才想知道呢——今日子小姐說道。

答案。

我也有同感。

要是能忘掉的話，我也想忘記現在聽到的，忘卻偵探重新推理出來的

答案。

6

但如今——在今日子小姐解開謎底之後，到現在已經超過了半天，地點從我自己的房間換到高級餐廳的包廂裡，但我還是什麼也忘不了。

可能一輩子都忘不了。

我還坐在位子上。

幾乎沒有動過的餐具已經全部撤下，結果直到最後也沒打開的錄音筆也已經一台都不剩——總之，圍井小姐也離開了。

她回去了。

看樣子，我似乎免於遭逢破滅的命運。

逃過一劫。

不曉得她聽進去多少，而且直到最後，也無法確定今日子小姐的推理到底有多少是正確的——因為圍井小姐並沒有像是出現在推理小說裡的兇手那般，口若懸河地交代自己的苦衷。

但也沒有否認罪狀。

硬要說的話，她行使了緘默權。

她一言不發地聽完我講的話，也沒歇斯底里地出現激動的反應——就連我毫不留情地刨挖她的前半生，圍井小姐仍舊不承認，也不否認。

不，她只說了一句話。

只有一點，明確地推翻了名偵探的推理。

「我之所以向隱館先生求婚，是因為覺得你很迷人——只是這樣而已。心想如果是你，或許真的能拯救我。」

無從得知有多少真實性。

我怎麼想都不覺得自己那麼有魅力——比起來，還是認為她無論如何都希望我破滅的推敲比較合理。

然而，不管她是希望我破滅也好，希望我拯救她也罷，兩者我都無法回應——我什麼也辦不到。

一點忙也幫不上。

因此，我也只說了一句話。

打從我坐進這個包廂到現在，開口洋洋灑灑講的所有長篇大論，大半都是來自今日子小姐身上現學現賣，或是原封不動地轉述，裡頭沒有半點我自己的見解。

我想對她說一句我自己想說的話。

「圍井小姐。」

對著默默地在桌邊買單、靜靜地打算離席的她，我說了這麼一句話。

「就算你接下來要自殺——我也是完全不痛不癢的。」

「差勁。」

圍井小姐說完，轉身離去。

真受不了。

又被討厭了。又被喜歡的人討厭了。

被喜歡上我的人討厭。

不過，或許就是要這麼做，才能讓人接受被拒絕的事實。

任誰都能滿意的——拒絕求婚的方法。

附記

後來，彷彿什麼事也沒有發生過似的，我的訪談很順利地刊登在新興網路媒體《一步一腳印》發表（在網站上）的冤獄特別報導之中。這份報導好像引起了很大的迴響，又好像根本沒人看——總之，紺藤先生對此盛讚了一番，說他介紹的記者果然很會寫，也同時站在朋友立場，把因為上了新聞而有些得意自滿的我給教訓了一番。

即使沒被朋友教訓，我對於自己難得的社會貢獻感到得意自滿的時間也沒有持續多久。因為就在隔週，發表在同一新聞網站上的一篇記名報導，爆發性地掀起了話題，相比之下，我的訪談根本不算什麼——那篇報導算是一種自我剖白，交代「本站記者」極為不堪、充滿了虛偽矯飾的男性關係，赤裸裸到甚至會讓人覺得有必要剖白到這種程度嗎——進而引發了社會大眾的強烈關注。

這篇報導具有強烈的破滅性，似乎有不少讀者認為通篇讀來宛如遺書，但是我卻不這麼認為，我傾向將其解釋成是為了重生而寫、為了讓人生從頭來過，才寫下這樣具有建設性的決心宣告。

實際上之於我，也算是切身之事。

因為如果在她「愛過的人都會破滅」的詛咒背後，有著像這篇報導所揭露出的種種不堪，那麼在我的冤罪體質背後，要是存在著相對的滿紙謊言，應該也不足為奇。

因此，我想把這輩子聽過最多次的一句話，同樣也送給這位優秀的新聞工作者。

這次很遺憾無法合作，期待你今後有更好的表現。

由衷地。

……另一方面，受訪的車馬費進帳隔天，我立刻前往家飾店購買餐具。不曉得將來什麼時候會有什麼樣的客人來我家，所以想趁有空閒之時，打造一個健全的房間——連棉被都買或許是有點誇張，不過畢竟有備無患。

於是，回家後我立刻動手將隱館家改頭換面一番，卻在整理時發現了一本資料夾——是每次與今日子小姐共事時，亦即每次「初次見面」時，把她給我的名片依時間順序收錄成冊的名片夾。不過，那本來就是我的東西，照理說沒什麼好驚訝的。

問題是，為什麼會放在這種地方……

我感到不解，下意識地翻閱那本名片夾，這下子就真的嚇了一大跳——因為裡頭有樣不該有的東西——居然有張我從沒見過的名片，夾在使用中的最後頁面。

今日子小姐造訪這個房間時並未給我名片——因為深夜時分「勉強還算是今天」。到了天亮，根據右手臂的情報，對她而言，我是「已知人物」。

儘管如此，資料夾卻更新了。

而且在那張我沒見過的名片上，還寫著這樣一句話——是今日子小姐的筆跡。

「假裝是情侶好開心哦☆」

……。

想想這也難怪。

無論是用自己的筆跡，或是在自己的身體上寫下什麼樣的備忘錄，都無法篡改記憶，也無法填滿記憶裡的空白，頂多只能做為一項情報。

更何況，情報來源是昨天的自己——喪失記憶的自己。身為名偵探，是不會輕易相信這種證詞的吧……

騙不過自己。

就連今日子小姐也不例外。

要是有方法能隨心所欲地忘記不想記住的事，我才想知道呢——今日子小姐的這句話絕不是自嘲，也不是反諷——不管備忘錄是真是假，她都無法擺脫記憶每天重置的宿命。

因此不去拘泥「寫了些什麼」而是考量到「書寫的意圖」，「今天的今日子小姐」按照「昨天的今日子小姐」寫下的劇本，配合演出。

按照劇本內容「塑造角色」。

並非專業人士不會受到感情左右——是因為今日子小姐做為專業人士，

所以左右了自己的感情。

與其說是開啟超高潮模式，不如說是扮演處於超高潮模式下的自己——真可謂是挑不出任何缺點的演技。看不穿這一點，隨之起舞、得意忘形的我也是值得獲獎的大丑角。從資料夾遭到移動這點來看，顯然這本從某個角度看來可能相當糟糕的蒐藏本，不曉得什麼時候被本人看到了……我不禁羞得想滿地打滾，光是想到她當時不知道會是多麼討厭我，就覺得好可怕。保鑣先生好不容易幫我恢復的名聲，又再度墜落到地獄十八層。

寫在名片上的文章很友善，卻也不能對字面上的意思照單全收——真想馬上打電話給她，好好解釋清楚，可是事到如今都太遲了。今日子小姐已經把當時對我抱持的「感想」、感覺到的「心情」，全都忘得一乾二淨了。一個沒弄好，可能會再度被她當成變態、再度遭到她唾棄，招致無謂的惡果。

明知如此，我還是認為應該要打個電話給她，放不開地緊緊握著手機，只差沒把手機給捏爆，但在最後還是垮下肩膀，長嘆一聲，死了這條心——

因為這個時間，今日子小姐大概又去托兒所接女兒了。

不管她怎麼看我、怎麼討厭我，我只求她別再跟我說這種一聽就知道是在騙人，卻連自己也騙不過的謊言。

比什麼都重要的獨生女。比任何人都愛她的老公。

不想再讓她說出——這麼悲哀的謊言。

寫在最後

　　過往的回憶很容易受到美化、變得誇張，原本心中認定的事實，間隔了很長一段時間之後重新審視，往往會發現也沒那麼確實，抑或是伴隨著令人失望的現實。這不只限於美好的回憶，不愉快的回憶也一樣，記得自己遭遇不幸、深信自己飽受心傷，然而事過境遷再回頭，卻發現「咦？當時就這麼回事嗎？」或也因人因事可能令人失望。這時若能心想「為雞毛蒜皮糾結得也太久」的話還好，要是往「不可能！折磨我這麼久的記憶，不可能會是那麼微不足道的小事。一定是哪裡搞錯了」這種方向，緊抓著「難過的回憶」不放，感覺就滿悲慘的。沉溺在根本不存在的心理創傷裡，明明逝者如斯，早已消逝的幻影卻在不知不覺之間取代本質、化為主體……不過，這同樣會發生在「美好的回憶」之上，所以不能一概加以否定。就如「回想」這詞彙的字面所示，比起實際發生什麼事，怎麼去回憶、怎麼去追想，也就是如何去定義或定調自己的記憶，才是重點。如果控制得好，再怎麼慘痛的回憶，或許都能加以美化，但這也包含了「讓再怎麼美好的回憶都惡化」的可能性，故對「凡事看心態！」這樣的激勵，只得附和說聲「的確如此」。不管這些，即便「再美好的回憶都能往壞處想」是事實，我認為「再難過的回憶都能往好處想」尚有討論的空間。有些事情是再怎麼正向思考也勉強不來的。

如此這般，又是忘卻偵探系列。雖然讓厄介登場講故事，但看到他一如往常遭遇不幸，身為作者還真是不忍心。不過這次他應該也嘗到了些甜頭，算是扯平了吧。關於故事裡時間的流逝，其實詳情我也不太清楚，但畢竟是忘卻偵探，我認為也不要太拘泥時間順序。對了，序章的今日子小姐演講，其實設定上是調查行動的一環。厄介當然不知道，之後今日子小姐也不記得，所以大概不會寫出來了，總之某事件的兇手也來到會場，而今日子小姐應該確實透過演講揪出了那傢伙吧。感謝閱讀《掟上今日子的婚姻屆》。

封面是穿著婚紗的今日子小姐。即使時髦如今日子小姐，平常也不太有機會穿上這種衣服吧，能看到她穿婚紗，真是令人欣慰。VOFAN先生，謝謝你。接下來是《掟上今日子的家計簿》——會重置就是了。

西尾維新

娛樂系 028

掟上今日子的婚姻屆

作者 西尾維新
譯者 緋華璃
責任編輯 林依俐
封面繪圖 VOFAN
封面設計 Veia
版型設計 POULENC
內文排版 高嫻霖 悅閱多媒體
發行人 林依俐
出版 青空文化有限公司
100台北市中正區忠孝西路一段50號22樓之14
讀者服務信箱：service@sky-highpress.com
總經銷 大和書報圖書股份有限公司
電話：02-8990-2588
印刷 前進彩藝有限公司
出版日期 2017年7月 初版一刷
2021年3月 初版二刷
定價 260元
ISBN 978-986-94889-1-4

國家圖書館出版品預行編目(CIP)資料

掟上今日子的婚姻屆 / 西尾維新著 ; 緋華璃譯 .
-- 初版 . -- 臺北市 : 青空文化 , 2017.7
288 面 ;　10.5 x 14.8 公分 . -- (娛樂系 ; 28)
譯自 : 掟上今日子の婚姻届
ISBN 978-986-94889-1-4(平裝)
861.57　　106008326